自指引擎

Self Reference ENGINE

［日］圆城塔 著

丁丁虫 译

人民文学出版社

著作权合同登记:图字 01-2019-1732 号

Self-Reference ENGINE
© 2007 by EnJoe Toh
This book is Published by arrangement with Hayakawa Publishing，Inc.

图书在版编目(CIP)数据

自指引擎/(日)圆城塔著;丁丁虫译.—北京:
人民文学出版社,2019
ISBN 978-7-02-015207-0

Ⅰ.①自… Ⅱ.①圆…②丁… Ⅲ.①科学幻想小说-小说集-日本-现代 Ⅳ.①I313.45

中国版本图书馆 CIP 数据核字(2019)第 082636 号

责任编辑　朱卫净　王皎娇　胡晓明

出版发行　人民文学出版社
社　　址　北京市朝内大街 166 号
邮政编码　100705
网　　址　http://www.rw-cn.com

印　　制　上海盛通时代印刷有限公司
经　　销　全国新华书店等

字　　数　161 千字
开　　本　890×1240 毫米　1/32
印　　张　10.25
版　　次　2019 年 9 月北京第 1 版
印　　次　2019 年 9 月第 1 次印刷

书　　号　978-7-02-015207-0
定　　价　69.00 元

如有印装质量问题,请与本社图书销售中心调换。电话:010-65233595

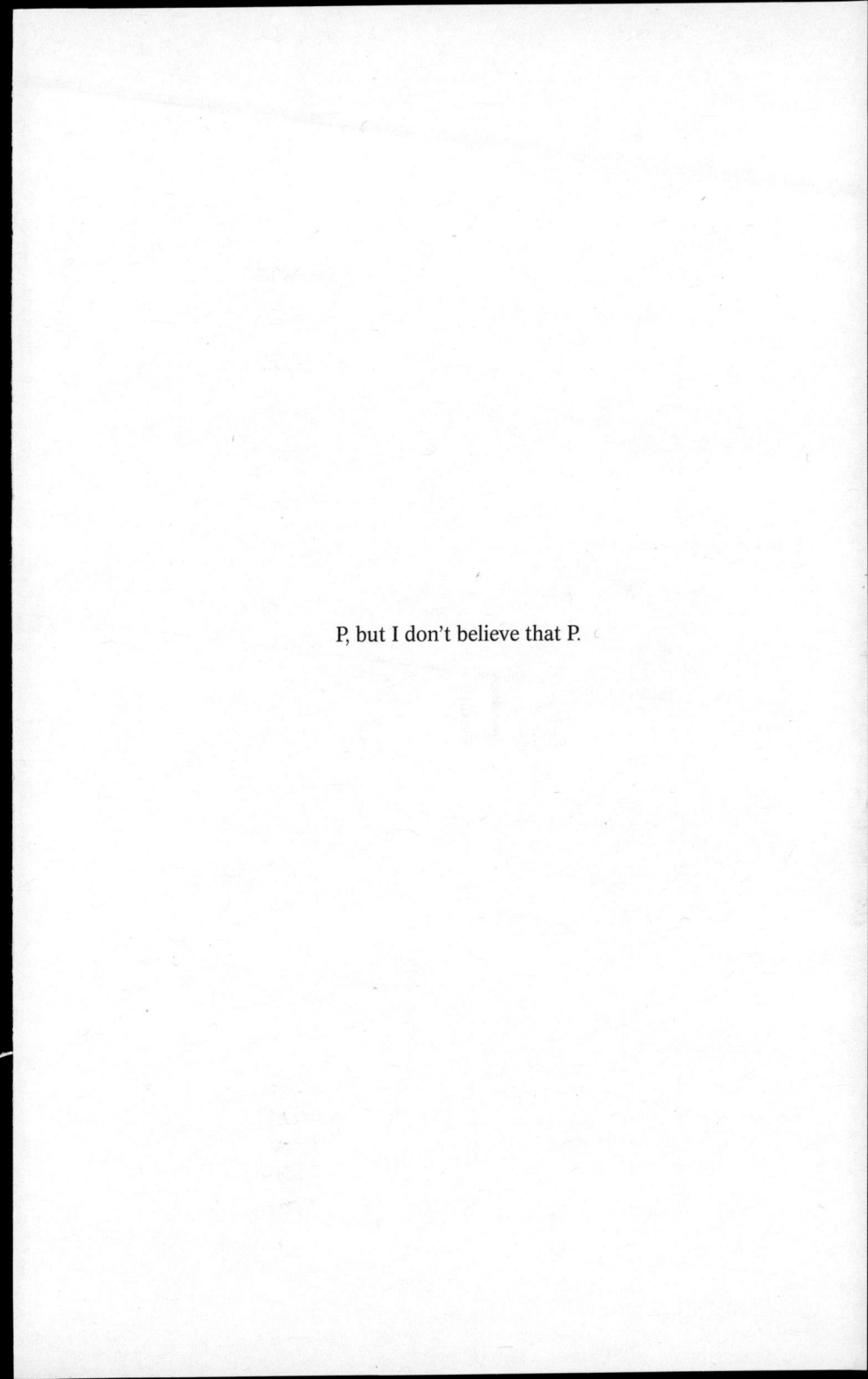

P, but I don't believe that P.

Self-Reference ENGINE

目录

序：**Writing** ———— 1

第一部 ———— **Nearside**

1. Bullet ———— 9
2. BOX ———— 27
3. A to Z Theory ———— 41
4. Ground 256 ———— 59
5. Event ———— 70
6. Tome ———— 87
7. Bobby-Socks ———— 103
8. Travelling ———— 118
9. Freud ———— 133
10. Daemon ———— 149

跋：**Self-Reference ENGINE** ———— 316

20. Return ———— 301
19. Echo ———— 289
18. Disappear ———— 276
17. Infinity ———— 264
16. Sacra ———— 248
15. Yedo ———— 230
14. Coming Soon ———— 215
13. Japanese ———— 201
12. Bomb ———— 185
11. Contact ———— 169

第二部 ———— **Farside**

序：Writing

一切可能的文字组合。一切书籍都在其中。

然而遗憾的是，哪里都没有这样的保证：保证你能在其中找到自己所期望的书。也许存在这样的文字组合："这是你所期望的书。"就像存在于此处的这些文字组合一样。然而很显然，它并不是你所期望的书。

在那之后便没有再见过她。她也许已经死了。因为，在那以后，已经不知道过了几百年。

或者换成这样一种说法：

她本来看着镜子，忽然回过神来，房间里的家具纷纷崩溃，就像时间已经流逝了几百年。于是她起身，也许是因为化好了妆，将要出门见我。

她对崩溃的房子视而不见，对巨变的景象也视而不见。那些本来就是不断改变的东西，她和那些东西也一直没能融洽相处。她很清楚，如果介意那些东西，早就被气死了。当然她并不知道这一点。因而这是如此的理所当然，她并不需要知道。

我们即将淹死，我们正在淹死，我们已经淹死。我们处在其中一个状态。当然，也存在绝不会淹死的可能性。但还是希望能这样想：即便是鱼，也是会淹死的。

"那么，你一定来自过去。"

我想起她热切的问候。

当然是这样。不管是谁，都来自过去。我这个来自过去的人，并没有什么特别的。

然而，尽管指出了这一点，她也没有显示出放弃的意思。

"你看，我就不是来自那个奇妙的过去。"

我与她就是这样相遇的。

这种写法仿佛接下来就要发生什么似的。就像我和她之间已经发生了什么似的。就像为了发生什么而不断发生什么似的。

重复一遍，在那之后便没有再见过她。从今往后也不会再见。她莞尔一笑，向我如此保证。

和她在一起的短暂时间里，我们努力进行了更为亲近的对话。那时候的无数事情都是不知所云不明所以的，难以轻易找出真相。石头转眼变成了青蛙，转眼变成了牛虻。原本是青蛙的牛虻想起曾经是青蛙的自己，想要弹出舌头去捕食牛虻，却又忽然想到自己是石头，于是放弃捕食，坠落下去。

在这些无休无止的旋涡中，真相是真正珍贵的东西。

"很久很久以前，有个地方，住过男孩子和女孩子。"

"很久很久以前，有个地方，住过男孩子和女孩子。"

"很久很久以前，有个地方，没有住过男孩子和女孩子。"

"很久很久以前，住过。"

"住过。"

"很久很久以前。"

我们始终持续着这样的交谈。比如，在这一对话中，终于能够彼此妥协的，大抵是这种感觉的断言：

"很久很久以前，有个地方，住过男孩子和女孩子。也许有很多男孩子，也许有很多女孩子。也许没有男孩子，也许没有女孩子。或者也许其实没有任何人。男孩子和女孩子几乎不会出现数量完全一致的情况。除非本来一个人也没有。"

那是我和她的初次相遇，因而也就意味着，我们之间再没有第二次相遇。因为我在向她所来的方向前进，而她在向我所来的方向前进。另外，这里还有一点略具重要性的补充：不知什么缘故，我们的旅程都是单向的。

讨论到最后的最后，应该是在时间于宏观上彻底冻结之后，某处的时针又走过很久很久了。

请想象空间中拉起无数丝线。我在其中一根线上，由起点前行。她在别处的某根线上，由终点后退。

那到底是什么情况，很难解释。我也并不想彻底理解它。

不过那时候的我们，有（略显羞耻的）办法彼此确认各自前进的方向，而她和我也做了确认。仅此而已。

不知道是谁冻结了时间。

很有说服力的说法是：各种机器、引擎、科学家，以及诸如此类的事物组成的势力执行了这一计划。而我喜欢的解释是，这是时间自己犯下的罪行。

时间们忽然厌倦了汇聚成一束前进，于是便随意去往了各个自己想去的方向。不巧的是，因为时间中的一切事物都栖息在时间里，自然承受不了那样的随意。

反复开展的恢复计划、说服、恳求、祈祷。每一个都像是约好了似的，只会让状况恶化。而自己也不知所以然的时间自身，便在这些对策中交织错络，相互束缚，宛如荒诞倒错的性交一般，直至无法动弹。

谁提出的这一假说，真想把他脑袋敲下来看看。

在那之后已经过了几百年。这也就意味着，我在冻结的时间之网中已经奔跑了几百年。

因而我便是以不知所以然的方法，向着几百年的未来或者过去前进。我无法断言她一定没有那样跑过。但众所周知的现象是：女孩子不需要花费多大力气，就能穿越时间。

因此，至今我还在奔跑。大约是因为对面在问为什么吧。

其一，有一天，时间叛乱了。

其二，我们只能朝一个不知通往哪里、一个不知某处的不可变的未来方向前进。

结论很明显。

至于那个结论是否正确，则远远超出我能判断的范畴。

换言之就是这样：

如果互相纠缠在一起的时间线，无视了过去和未来，变成一团乱麻的话，那么把这些线起始的刹那连在一起，岂不是也没关系么？

时间放弃了整然有序的刹那。

当然，我无法保证自己所奔跑的道路一定会经过那一刹那。我也不知道那一刹那是否真的会有无数丝线相互组合，极尽无限之妙。我更不知道是否存在着绝对无法抵达的位置。就像是编织在无限空间中的无限的蜘蛛网，在那每一根丝线之间依然能够找出无限的空间一样。

但是，万一的万一，如果真的抵达那一刹那了呢？那时候要做的事情是早就决定好的。

不再胡思乱想，默默并肩前进，然后怒吼痛骂。

痛骂时间。

然后，当一切都恢复到原状的时候，我终于可以去寻找她了。就像我所梦见的，就像她也许同样所梦见的那样。

她会做什么呢？那个预想没有任何提示，只是一片空白地横亘在我面前。

第一部:
Nearside

01. Bullet

我们总被推来挤去。推向这里,挤向那里。

我们被猛力推向那边,撞上什么东西又弹回来。我相信是这样。身体之所以没有被挤扁,原因很早以前学校里教过。那是因为身体里面也有各种力量往外推挤。我们身处重力井①底部,头上又是厚厚的大气层,之所以没被压扁,就是这个原因。

我之所以如此相信,也是有原因的。但其实不需要原因我们也能相信某个解释,而且如今没有原因的情况越来越多,所以我想这一定是很特别的。

丽塔是个完全没办法交流的女生,谁都搞不定。她在后院里的时候尤其可怕,经常会拔出腰上插的左轮手枪,抬手就是一枪。不过也没有瞄准什么人,就是随便开一枪。她家的房子外面裹了一层锈迹斑斑的铁皮,但是所有能打碎的东西还是都打碎了,不能打碎的东西也只是没打碎而已。

---

① 在天体物理学中,重力井是一种围绕大质量天体的特别的引力势场。

当地人都知道丽塔的毛病，轻易不会靠近她家。而且这里通常也没有别的人来。

所以这也没什么问题——只有丽塔的家人才这么想。实际上当然是非常有问题的。

丽塔经常开枪，准头自然就好。周围有很多男生——不对，应该说是很多男人嘲笑过她，下场就是裤裆上开了枪眼，卵蛋差点废掉。没人知道丽塔为什么能够准确掌握卵蛋的位置，明明连当事人自己都经常搞不清。

女生当中流传着一个传说，说她射杀了常年在叔叔卵蛋里筑巢寄生的蟑螂。不过我们都知道蟑螂不可能长在那种地方。否则的话，我们大概全都偷偷养什么金龟子或螳螂去了。

丽塔那样子是有原因的，詹姆扔给我一枚五美元的硬币说，原因在她的脑袋，里面有颗子弹。他指了指太阳穴，然后像是尿完尿似的抖了抖身子。

没人能够脑袋里进了子弹还没事，我回答说。詹姆涨红了脸叫喊着说："所以才说她厉害啊！"

詹姆大概是这一带最聪明的家伙，而且我相信他大概也是北美大陆最聪明的家伙，但很可怜的是，他在两周前爱上了丽塔。我知道不能从苹果堆里减掉熊，不过这家伙太傻了，脑袋里减掉智商，就只剩下失态了。尽管如此，我还是认为他是这方圆一百千米当中最聪明的家伙。

要是脑袋里进了子弹，我问，总应该是什么时候射进去的吧，不然就太奇怪了。

詹姆露出一副"你怎么这么蠢"的表情看我。

一生下来就有子弹啊，他严肃地说。我不知道他是不是在诳我，拍了拍他的肩膀。詹姆一把拉住我，右臂圈住我的腰，伸腿把我绊倒。

哎，我叫喊道，哎。我叫了一遍又一遍，兴奋起来，自顾自地叫下去，哎——

我有个理论，詹姆站在我旁边说。

理论，我叫喊道。我决定，谁要是说了"理论"这个词，我就管谁叫"耗子"。于是我自顾自地"耗子耗子"叫起来。

詹姆这小子在我旁边坐下来，抱住膝盖。我都快变成耗子玩的滚轮了。然后他说，他喜欢丽塔。这话我昨天就听过。而且说实话，两分钟前也刚听到过。自从爱上丽塔以来，詹姆都说了一千遍了，我只是强忍着没指出而已。两个礼拜能说一千遍，我觉得有点太多了。

但如果我的理论正确，詹姆重复了一遍。

理论就算了，我嘴里嘟囔着爬起身，没听说过用理论勾引女生的。詹姆勾引女生那是一把好手。他用的就是理论这种玩意儿吗？

如果我的理论正确，詹姆还在坚持。

我无可奈何，只能闭嘴听他说。可是詹姆不知怎么哭了起来。看来理论这玩意儿真的很厉害啊。詹姆可是个马蜂蜇了大腿都不会哭的男子汉。虽然这么说有点儿夸张。

丽塔，她在朝错误的方向开枪，詹姆断言道。

当然喽，本来就没有目标，当然就是这样。

我不是这个意思，詹姆没有看我，自言自语地说，丽塔在和未来的某个人相互射击。

这个想法说不上是推测还是疯狂，让我十分感动。再说清楚点，我根本不明白他在说什么。

"首先有个前提，"詹姆说，"丽塔的脑袋里进了子弹。这一点克拉克先生也证实了。"

我不太相信那个医生。他总喜欢指着地平线，教育迷路的小羊羔。而且话说回来，对于医生这个职业，我都不大相信。

"而那颗子弹一出生就在丽塔的脑袋，这是丽塔的婶婶说的，所以肯定也没错。"

结论只有一个！詹姆大叫着爬起身，手臂指向天空，不知道想干吗。

"丽塔还在妈妈肚子里的时候,就被枪打了?"

我朝詹姆的勇敢身姿泼了一盆冷水。眼瞅他那伸向天空的手臂一点点垂下来。

"这也有可能。"

詹姆皱眉沉思。

进屋子也讲究方法。先开门再进屋,那是礼貌的做法。进了屋子再开门,那就有点不太聪明,我想。如果要再惹出开枪之类的麻烦,那就更糟糕了。

"不然还能是什么?"

我追问了一句。詹姆一脸落寞。

"有人从未来开枪击中了丽塔。幸或不幸的是,子弹卡在了头盖骨里。但是因为子弹的冲击,丽塔在她妈妈肚子里的时候,就开始朝时间的反方向前进。"

我"哦"了一声,朝詹姆伸出手去。你想说什么就说吧。

"我的理论是这样的:丽塔从某个方向的起点过来,但不知道什么原因,被未来方向的子弹击中,拐到了过去方向的轨道上。由于子弹的冲击,她的时间逆行了,被封闭在今天她妈妈的肚子里。"

我张大嘴巴,盯着詹姆。这当然不是因为感动,而只是有点发呆。真不知道这小子是吃什么长大的，居然会想出这样的解释。明天早饭还是别碰玉米片了。詹姆最爱吃那玩意儿。至少要加上酸奶才行，我想。玉米片这种东西，明明是给一般人吃的，詹姆偏要摆出一副不可一世的样子，也真是够怪的。

詹姆拿手指戳进我大张的嘴巴，宣布说，重要的在于接下来他要讲的话。

"在我们所处的时间里，她还没被击中。因为没有被击中的经历，所以她只是个脑袋里有子弹的女生。

所以这就是她乱开枪的原因。如果她能在被子弹击中前击中那个射击她的人，事情就解决了。那人应该处在她的未来方向上，所以只要向未来方向开枪就行。好在子弹一般都是朝未来方向前进，至少比朝过去方向射击简单。"

原来如此，我想。怎么应付蠢蛋，自古就有窍门。要是不顺着他的话说，他就会跟你没完没了。

"很好，那么假设丽塔成功射杀了那个未来方向的枪手——"

"但愿如此。"詹姆重重点了点头。

"她脑袋里的子弹会怎么样？"

"有几种可能。一种是就这么留着，像是什么都没发生过。更有可能的是,过去一下子全变了,她脑袋里的子弹也没了。丽塔本来是从出生的时候出生的,但不知什么时候变成了超越时间的存在。实际上到底会发生什么,不等到真正发生的时候,谁也不知道。"

"我实在想象不出她被击中的时候是什么样子。"

大概是这样的,詹姆用手指顶住太阳穴,然后又把手指挪开,沿着贯穿太阳穴的直线越离越远。

"我们应该会看到子弹从丽塔的脑袋里反方向飞出来,朝枪手的枪口反向前进,一直退回到枪管里,左轮倒转,扳机收回。"

我一点也不明白。

"不管怎么说,丽塔的脑袋里如果有子弹的话,那她确实是被枪打了吧?"

"我要改变这件事,"不知怎么,詹姆又一次热泪盈眶,"我爱丽塔。那是我的责任。"

我的好朋友爱上了怪异的女生。虽然有点怪,但恋爱这种事情大概就是这样的吧。只是这么点小事,我那好朋友就能脑补出这一大摊异想天开的理论。其实丽塔的小脑袋里到底发生了什么,最快的莫过于直接去问本人。当然,不是去问她未来的子弹有没有把时间搞乱,而是问她到底喜不喜欢詹姆。这是最重要的。问这个就足够了。

　　詹姆说完了自己的理论,被自己感动得热泪盈眶,我就问了问他这件事。丽塔怎么说?詹姆涨红了脸,抓起一把草,揉成一团扔出去,然后跑掉了。所以我搞不清具体情况。不过无所谓了,像他那种扭扭捏捏的男生,我想也不会那么单刀直入地去问吧。虽然他可能想过把丽塔的头盖骨切开检查。

　　所以我带着献上半边卵蛋的觉悟,去拜访丽塔。要是把两个全都搞掉,那肯定不行。不过如果只搞掉一个,为了好朋友,我就牺牲一下吧。虽然我觉得丽塔是个脑子长得和常人不一样的女生,不过还是相信她不至于失败到一枪打穿两个卵蛋的地步。

　　迎接我的丽塔,并没有威胁我说马上滚否则就给我肚子上再开一个肛门,而是把我让进了客厅。不知怎么,好像还有点落落大方的样子。感觉像是发条松掉的手表,齿轮的咬合不断松脱似的。

　　我在椅子上扭动屁股,正琢磨该怎么开头的时候,丽塔端了茶回来。不愧是丽塔,大拇指插在茶杯里,杵到我的面前,然后低声嘟囔说,我听到了。

　　听到什么?我抬头问。视线对面的丽塔说,我听詹姆说了。

　　这个情况我可没想到，不禁有点狼狈。詹姆到底和她说了什么？是极富色彩的话，说自己爱上她了？还是相当神经病的话，一点色彩都没有，说她的过去时间线之类的？还是他在这个女生面前得意忘形，说漏了嘴，说我对她很迷恋？要是最后这种，半边卵蛋大概不够做供品。

　　大概就是这么回事，丽塔低头说。

　　大概就是怎么回事？我一头雾水。

　　"我为什么开枪，詹姆猜对了。"

　　听到这话，我顿时在心里大叫，太好了！不过，我正要趁势换个姿势、从椅子上站起来的时候，丽塔这话的意思在头脑里扩散开来，让我滑到了椅子下面。"耗子"勾引女生也不是这么勾引的吧？

　　我一边试图爬回椅子上，一边拼命想该怎么问。我不能让丽塔当场开枪毙了我，但又实在想问。

　　"就是说，那个什么，你，那个——"

　　老实说，我有点惊慌失措。丽塔干脆抽开椅子，让我直接摔到了地上，我这才站了起来。

　　"我没想到有人能和我做出同样的推论。"

　　我怀疑詹姆是整个美洲大陆最聪明的男人，看起来整个美洲大陆最聪明的女人也在这里。真蠢，这两个人。

"所以我想让你帮我带话给詹姆。问问他，下一次，礼拜五，在我家一起吃饭好不好？"

这话的逻辑我完全没绕过来。我认认真真地想，为什么要在一切东西都碎成片、堆成山、到处都粘着不明液体的鬼宅丽塔家吃饭呢？我紧皱眉头，手指抵着额头，努力思考。这个任务还是饶了我吧。我抬起头，迎面是两颊绯红的丽塔的脸。

这是什么意思？能在啄木鸟的橡树仓库上不断凿出准确弹痕的神奇女生爱上了某个人。拒绝她就会被打成马蜂窝。被打成马蜂窝的会是谁？是詹姆。

自己真蠢，我拿手掌直拍自己的额头。不愧是詹姆。全地球最聪明的男人。在丽塔的凶狠瞪视下，我心里想的好活接连不断往外冒。什么那真是可喜可贺、怎么说这都是致命伤、你真厉害等等等等。那家伙不可能不来吃饭，我保证。别说不会不来，来了之后那家伙就不回去了，等等等等。哎呀，这话还是由当事人自己说出来更好，我多嘴说出来可不是好事，大概肯定不是好事。丽塔终于把手伸向左轮手枪，大概是要阻止我嘴里冒出来的神经错乱的无休无止的胡言乱语，突然却像被什么东西打中似的，踉跄了一下。

即使是一直面对着无数难以理解的现象的我，也在一无所知中从椅子上站起来,跑向丽塔。丽塔跳着奇异的舞步,缓缓倒在地上。

然后,我亲眼看见,她的头偏向一侧,长发纷乱,头上开出一个小洞。

她的脑袋里有颗子弹。

可不单是有子弹啊,詹姆,她的脑袋上真的开了一个洞啊。

这就是那时发生的事情。

回想起来,那件事发生的刹那,与"事件"的发生完全重合了。如果世界上没有那么多受害者和那么多惨剧堆积在那一刹那,我大约会坚持说,在丽塔家里发生的才是"事件"吧。但实际上并非如此。在丽塔家发生的只是"事件"的衍生现象,并不是"事件"本身。

我正要弯下腰去看丽塔的头上的洞,丽塔的身子突然跳起,直立起来。我吓了一跳,也跟着跳起,像狗一样张开双手,试图安慰丽塔。

丽塔的眼神飘移不定。随后,她的头朝时间的反方向弹去。

房间墙壁和地板上的红黑色液体朝丽塔的头部飞来,涌向丽塔头上开的小洞。然后我看到,从那小洞逆行出来的小小子弹的底面,以慢动作向我飞来。至少我觉得自己看到了。朝丽塔头上的洞飞聚而去的血,被吸进头盖骨里,然后小洞就那样消失不见了。

接下来发生了什么,我无法说明。因为从丽塔的脑袋里射出来的圆柱体刺入我的左胸,我失去了意识。

事情以丽塔的左轮手枪走火做了了断。丽塔的枪被没收了,我们两个的家人之间做了各种交流。详细情况我也不清楚。

第一个赶来医院看我的是詹姆,但他脸上没有了那种奇异幻想的表情,我去见丽塔之前的那种羞怯的表情也毫无踪迹。他嘴里冒出来的话,只是在质问我到底是怎么想的,居然会一个人去找那个脑子坏掉的女生?以及对丽塔家人的愤慨,容忍那样的女儿带枪。还有就是对丽塔本人的咒骂,骂她连枪都管不好。显然有什么地方变了。

"那个女生的脑袋里啊,"我指着右侧的太阳穴说,"这里有颗子弹哦。"

詹姆盯着我看了半天,一脸严肃地说:"你不是脑袋坏掉了吧?脑袋里面进了子弹还能安然无恙,会有这种人吗?"我慢慢眨了两下眼睛,再也没说什么。

我左胸中弹却活下来的原因，唔，其实也不用说太多吧。多亏了詹姆还我的五美元硬币。这个原因太普通，太无聊，不值得刨根问底。这种事情总会发生。只要有五美元，就能够挡住子弹。当然，作为效果绝佳的护身符，我把那枚弯曲的硬币又给了詹姆。

到底发生了什么，后来我仔细想了想。丽塔的脑袋里飞出来的那颗子弹，本来应该是笔直朝未来逆行，笔直飞回到枪手的枪口。但不知什么缘故，我刚好站在那条直线上，于是逆行的子弹就击中了我。

如果那颗子弹射穿了我，大概就没问题了。我会当场死亡，子弹会回到手枪里。但是子弹被我的口袋挡住了，我捡了一条命。

这里的问题在于，子弹的射击方向。如果来自未来的子弹能够击中丽塔，那子弹必然要从我的背后射过来。但是子弹从我胸前射来，被挡住了。我的后背没有伤，也就是说丽塔没有被击中。本应该返回未来的子弹被我的身体挡住了，没有回到手枪里去。换句话说，枪手没有射出子弹。

疯狂的时间结构大概犹豫了刹那，然后选择了最轻松的解决方法。丽塔没有被击中，因此丽塔的脑袋里没有子弹。也就是说，詹姆没有为这件事烦恼。我不知为什么随随便便跑去了丽塔家，倒在丽塔的疯狂子弹之下。

　　脑袋里没有子弹的丽塔，詹姆感受不到她的魅力。而对于子弹没有做出同样推测的詹姆，丽塔也没有兴趣。将来也许会相互喜欢的两个人，在某个未来的方向上，永远地失去了交会点。但是，避免丽塔被击中，这不正是詹姆的愿望吗？我终于明白，为什么那时候说这话的詹姆会泪流满面。

　　听说丽塔的消息，是在很久之后的事情。她一直寄宿在远房亲戚处，就连父母似乎也不知道该如何和她沟通交流，只是像个玩偶一样问什么她答什么。在那场意外不知消失于何处之前，实际上到底发生了什么，我不知道，也不知道该怎么才能知道。

　　在这件事情中产生的让人不明所以的时空构造的不明所以的解决方法，不知出于什么缘故，允许我保留了这件事的记忆。关于这一点的原因，我也不是很明白。

　　我能想到的原因之一，是时空构造本身也嫌麻烦，因而给出的解答实在不能说是很完美。因为我在那个时间点上，刚好是个奇点①。大概是吧。虽然这个说法等于

---

① 奇点是物理学中的一个术语，指在空间和时间上曲率无穷大的一点。在这里，所有的规律全部失效。

什么也没解释。

我也想过这个记忆是不是我自己创造出来的。说到底这是最有可能的。基本上,这件事情在细节上总有些怪异。如果丽塔预先就被击中了,那么我和丽塔对话的时候,房间里不应该全都是血吗?即将被击中的时候,还有刚刚被击中的时候,丽塔应该都不可能和我正常对话。虽说丽塔家里一直都是黏黏糊糊的很不寻常,但现在回想起来,好像也并没有明显的血迹。

或许我的记忆是真的,但就算是真的,如果没有任何人相信它是真的,那也没有意义。至今我都在想,那也许只是以某种程度的某个东西按某种不知什么形态的方式获取满足吧。

不管怎么说,在适当的地方做出适当的妥协,有助于保持精神健康。

或者,那是逝去的少年的每日之梦。它确实和少年做的梦太相似了。"事件"以前的人,更会有这样的梦。

再写几句詹姆和丽塔后来的情况,这份记录就结束了。

詹姆最终没有在自己的故乡恋爱,他去纽约读了大学,然后在那里发现自己不再是什么北美最聪明的天才了,不过反正也不是他自己这么声称的,所以并不在意。

大学毕业后他在东海岸辗转，搞不清中间经历了什么，总之不知什么时候进了圣达菲的什么研究所，后来好像参加了西海岸时间束归还作战行动，也就是所谓的"D计划"，再后来随着包含圣达菲在内的北美中西部的消失，从此音信全无。

丽塔在事件之后被软禁了一段时间。后来也是因为我帮忙求情，说是并没有什么大事，不到半年又开始在外面活动了。丽塔的腰上不再插枪了。有段时间还能在当地食品商店看到她帮忙的身影。但到了十六岁生日的时候，她就离开了家。那时候"事件"已经产生了正式的影响，所有一切都变得乱七八糟。她离开小镇的传闻没多久就被遗忘了。

丽塔离家出走的那一天，她来到我家，像往常一样为三年前的事道歉，告诉我她要走了。她说要乘末班火车，我把她的小小行李堆在自家车里，把不情不愿的詹姆也一起塞进来，决定送她去车站。

三个人默默等待汽车的时候，丽塔忽然喊了我们的名字。

看到我们没有回头，她沉默了半晌，然后又喊了一次。

"理查德，詹姆。我总觉得在其他什么地方听到过这两个名字。不是在这里，而且也不是在这边。但我完全不知道是在哪里。"

"因为好多事情都是不明不白的。"

詹姆出乎意料地温和回应。

"我感觉自己好像知道未来不会再见到你们了。"

我一边说没有那回事,一边觉得我们三个人对此都非常清楚。

从那之后,我再没有见过她。至少在这一侧的未来。

而且,我再没有听到过丽塔的消息。本来也没有用心去打听。

我经常会想,连同北美中西部一起从我的未来消失不见的詹姆到底去了哪里。"事件"被解释成时间自己粉碎自己的事件。虽然觉得这个解释什么也没解释,听了解释也什么都不明白,不过那也无关紧要吧。

詹姆的身影虽然从我所在的现在与未来中消失了,但一定生存在粉碎时间的某处。不管怎么说,他可是被野牛踩了脚指头也不会哭的男子汉。虽然这么说有点儿夸张。

詹姆去了丽塔被人从未来狙击的某个方向,这一推测我至今都支持。在支离破碎的时间中,丽塔与詹姆会不会又在某处相遇呢?想到这个,我就不禁发笑。那种事情,发生了也没关系吧。不管怎么说,时间已经变得粉碎，顺序性和一贯性都变得乱七八糟。纷纷扬扬的碎片之一是詹姆，另一个是丽塔。在某处宇宙时空中，碎片相撞，于是两个人再度相遇。

那时候发生的反正肯定是场闹剧。

不管怎么说，詹姆是我认识的最聪明的男生，丽塔是个脑子长得和常人不一样的女生。

问我还想不想卷进那个乱七八糟的关系里？

抱歉，告辞。

抱歉，告辞。我朝蓝天大笑。

02. BOX

宝库深处的门，一年开启一次。

说是宝库，其实只是个杂物间，没有任何贵重物品。冬天放夏天的东西，夏天放冬天的东西，其他东西则是一年中随时往里面乱塞。毫无装饰的墙壁上排列着小小的采光口。从外面透过铁栅栏照进来的光线，是唯一宣称此处不是杂物间而是宝库的东西。

相比于真正的宝库，这个空间十分无趣，因而我也很少来这里玩。要寻找黑暗，我更喜欢去镇守之森①；要追求封闭感，我更喜欢家里的壁橱。所以这个平时只用来堆放杂物的宝库，在我记忆中没什么存在感。

我并没有一起去宝库探险的朋友，也不可能有什么需要避开他人视线的恋人。为了寻找那样的人，我离开了这个家，但回来的时候，我也不再需要探险和秘密之类的词汇了。

所以对我来说，这个宝库只是通向空间深处的通道而已，再无别的意义。胡乱堆放的杂物深处，有一扇铁

---

① 镇守之森指包围在日本神社周围的守护森林。

门，仿佛一直都绷着严肃的表情。平时这里总是乱堆着装柑橘的箱子。每年仅有一次，全家人会聚集到一起，把铁门从纸板箱里挖掘出来。我们家只在这一天才会会聚一堂。

门后面的空间大约有六叠①大小，中央放着一个一米见方的正方体箱子，用寄木工艺②拼装而成，大概连里面都填满了，重得要死，要没有全家的男人一齐动手，根本搬不动它。

每一年，我们会把这个箱子朝某个方向翻转一次，再这样挪回到中间位置，仅此而已。这是我们家祖传的怪异仪式。家家户户都有怪异的习俗。因为当事人自己就在那样的习俗中长大，所以并不会觉得怪异；也因为没人说过，所以也不知道那很怪异。随便哪一家都有这种事吧，我想。

但是所谓人类的想象力，大概是有界限的，所以大概也可以想象，世上应该有很多类似这个箱子的东西，一个个都摆着理所当然的脸、理所当然地存在着吧。

---

① 日本的房间是按榻榻米来计算的。六叠就是这个房间只能铺六个榻榻米那么大。标准的房间就是六叠和四叠半。
② 寄木工艺是一种日本箱根地区的传统工艺，用不同色泽的木材拼接出特殊的花纹，内部有机关，需要遵循一定步骤才能打开。

我不清楚这个箱子是什么时候来到我家的。说起来，我家从什么时候开始搬来这里的，我也不大清楚。附近的寺庙在之前的空袭中烧掉了，人丁簿也早没了。

不过基本上可以确定我家是从江户时代开始住在这里的，至于是元禄还是嘉永，问我也是白问。连哪个时代在前我都不知道。反正就是很久以前吧。我家的来历都是这样，箱子的来历更是不知道了。大抵古物都会有收藏的箱子，上面说不定还有箱书①什么的，可这东西本来就是个箱子，而且这箱子还打不开。

反正就是个老古董吧，我漠然接受了这个想法。总之不要想得太深。

一家人一年碰一次头，商量把这个箱子朝哪边翻转。

以前应该也推过这个箱子，但是没记录。原来肯定有过记录，但是现在没有了。连什么时候没有的都不知道，总之很久以前就没有了。

我觉得，继承家业的历代家主，对于该怎么推箱子这种琐事，显然都没有关心，并不打算根据以前的记录做决定，只是乱推而已。

反正目的就是把箱子翻一面。这种事情不说也都知

---

① 箱书指作者在装书画、瓷器之类的箱子上留下的题名、印鉴等。

道。箱子若是按机关盒的方式造的，那么只要遵循一定的步骤转动它，这箱子就能打开吧。除此之外难道还有别的可能吗？

直到今天，箱根地方也有类似的机关盒，作为当地特产出售。时代再怎么变，惹人烦的疯狂谜题还是无穷无尽。

箱子里面会是什么？打开的时候我们家又会变成什么样？对此，我家的记录保持着沉默。本来家里就没有所谓的记录，想调查也无处着手。在我看来，记录的消失根本用不上毁于战火之类冠冕堂皇的理由，大概只是因为觉得无聊，所以就给扔了吧。

祖父是那种很讨厌文书工作的人，父亲对自家的过去也不感兴趣。偷偷看看这两个人平时怎么过日子的，就知道我们家人身体里流的都是得过且过的血。当然，偷偷观察我也能有同样的发现，不过这种事情我自己就不是太喜欢了。总之记录说不定卖给收废品的了，要么就是不知道哪一辈嫁过来的姑娘，把它当作脏兮兮的草稿本扔掉了。这大概最有可能。

就算要问那些资料的去向，祖父已经病故，父亲也在不久前去世了。本来他们两个就不像是能问出答案来的人。即便当面去问了，大概也不会问出什么。话说回来，要是反问我想问什么，我还真想不出来有什么好问的。说到底，我也是继承了这股血脉的人，同样是得过且过的秉性。

这两个人平日都过着随心所欲的日子，对这个箱子好像也没什么好奇，每年只是随便推一推。直到去年为止，我都没有怎么参与推箱子，只是按照吩咐一起帮忙而已。他们不喜欢我对这个箱子指手画脚，我自然也对它没什么兴趣，一切都听他们两个的话去做。但是今年，推这个死重玩意儿的人只剩下我一个，只能靠我对付这个箱子了。

箱子大概是什么工匠大师精心制作的东西，木块彼此紧密结合在一起，看不到一丝缝隙。某个面上应该有开口，木块之间可以滑开，吐出里面的东西，但就连那不可能粘合的缝隙都没找到。

我也不是没有想过这样的可能性：这东西也许不晓得是多少代前的遥远祖先造出来的，目的就是为了嘲笑后代的愚蠢。给这箱子装饰得极尽奢华，然而实际上并不是箱子，只是个巨大的寄木块而已。真是这样的话，不管怎么转这箱子，也不可能打开盖子。我觉得这倒是很有可能的。毕竟不管怎么说，既然我身为后代（大概应该是后代吧）会这么想，祖先有同样的想法，自然也不稀奇。你可能会说，学学阿基米德，测测比重不就行了。这可是在家里，要说测量什么东西的比重什么的，根本没有讨论的资格。还要光着屁股跑到街上大叫自己的发现，这任务也很让人吃不消的。

跑去荒岛上造石像，溜进麦田里踩怪圈，我家并不缺乏引领此类可笑行径的幼稚。但因为有着缺乏耐性的一面，所以一般都是停留在想象层面，自娱自乐而已。

这个箱子也可能是在海滩上捡到的，不过我试着踢了踢，看这重量，感觉被我家人当场放弃、转头就忘的可能性更高。说实话，这个想法能不能作为证据，证明这个箱子是我家人造的，或者是找人定制的，我一点信心都没有。也可能这个箱子一开始就在这里，后来我们家才在这里建了房子。

把这个箱子当作纯粹的笑话来看也是够大的，所以除了我们家人会认为这肯定是个箱子，换了其他人大概不会这么想吧。但是祖父和父亲每天都过得那么懒，从他们身上类推，我家的血脉中应该没有这种霸气，刻意费力气做这么个东西，就为了开个玩笑。这一点应该也是不言自明的。

那么这个箱子到底为什么这么大？是担心太容易推，会导致接缝散开吗？但是说实话，要是真想推，一个人也能推翻它，找根撬棍就足够了。坐在上面抽根烟正合适。我们这一族里要是有谁想来真格的，再重也不是什么大问题吧。虽说至今为止，它已经成功达到了挫败毅力的目的。

不过还有个更合理的解释：要打开这个箱子，必须得有这么大小。

你知道有个河内塔谜题吧。三根竖起来的棍子，上面套了好些块大小不同的圆板。堆的时候必须遵守一条规则：小的圆板只能堆在大的圆板上。只有这一条。目标是把最左边棍子上串的一大堆圆板全部移到右边的棍子上去。

这个谜题相当有名，人们已经算出了它的最佳步骤和所需的移动次数。

当有N块板时，所需的步骤是2的N次方减1。

如果是1块板，1次就够了；2块板是3次；3块是7次；4块15次。所需的步骤基本上是翻倍增加。传说在河内的某座被沙暴掩埋的塔里，和尚们通过移动64块圆板来计算宇宙终结的时间。据说当所有圆板都移动完毕之后，这个宇宙就到了休息的时候。

这个谜题的步骤之所以会翻倍增加，原因也很清楚。搬完了N块构成的圆板山之后，要搬N+1块的时候，又不得不把刚刚完成的 N 块圆板山全都拆掉重来。要不断像这样机械重复，把之前的过程推倒重来，这叫做递归性。这个过程不断盘旋扩大，自己做起来十分无聊。对于那些埋头搬动 64 块圆板的和尚们，我很想送上真诚的问候。

递归的步骤执行起来非常无聊，不过制造的时候却相当简单，只要想象一下立刻就能完成，写程序也只需要几行就能实现。制作这么一个复杂的智慧之环其实并没有那么难。然而实际执行的时候就是非常枯燥和单调的作业，所以这种智慧之环并不是很受欢迎。

这里的要点在于：制造比解决简单。比如说新造一个河内塔很简单。堆成初始条件并不需要 2 的 64 次方减 1 的时间，而只要按顺序把 64 块板堆起来就好了。造一个测量宇宙时间的装置，如果等到宇宙崩溃还造不完，谁能受得了。

这个箱子之所以这么大，是不是就是这个原因呢？我怀疑正是如此。需要遵照某种步骤打开的机关箱，按俄罗斯套娃的构造一层层套起来的箱子。开箱需要的步骤数以指数方式增长。以人类的寿命几乎不可能打开。只不过，因为是箱子套箱子的结构，一层层套起来之后，就变成这么大了。我觉得这是很有可能的。经常会有这种事：想把设想的东西实际做出来，结果出乎意料地费劲，成品也变得很大。

这么想来，这个箱子的制作人，大概根本没打算让自己的后裔打开。我想，祖父和父亲大概很早就意识到这一点了吧。如果这就是他们对这个可谓奇妙的箱子结构毫无兴趣的原因，道理就说得通了。反正打不开。既然打不开，又何必非要去打开呢？

不过不管怎么说，有趣之处在于，一年一次，推它一回。如果打开，那就赚大了。不过一年两次还是算了。

而且这种箱子里面也不会装什么新鲜东西，大抵都是老一套。宇宙的终结啊，绝望啊，最后的希望啊，诸如此类。要不就是放了一张纸，上面写着：您辛苦了，挑战下个箱子吧。总之不会是好东西。想不到还有什么东西能让人积极去打开箱子。既不能马上让你知道，但又不得不交给你，那就把它封好传给你吧。要开箱子就得花时间。箱子开了，时间也到了，这样最好。如果附上留言，给出能说服人的理由，人们大抵都会老实等待。但从另一方面讲，确实也没有什么东西能比明确写着"不要打开"的封印更脆弱了。自己孩子到底能有多可靠，终究只是个程度问题。我家的祖先似乎对后代没有丝毫信任感，可谓远见卓识。

然而从这个箱子脱离常规的尺寸来想，很难认为这里面运用了能在短短若干代之后打开的递归性。总之这纯粹是在耍人。

如果真想打开这个箱子，看看里面是什么，实际上有个简单的办法：砸了它就行。当年我玩魔方玩得快要发疯的时候，就会把那个乱七八糟的立方体干脆彻底拆开重新组装。整天搬运河内塔的和尚当中，迟早会有这样的家伙跳出来说，一次性全搬过去不就行了嘛。虽然可能会关系到宇宙的终结，这种方案委实不该推荐，然而无休止的重复劳动未免也有点本末倒置，失去了本来的意义。

要解开这类谜题，需要花费极其漫长的时间。而它所要求的，仅仅是强制遵守它所制定的规则而已。如果无视它的规则，谜题就会崩溃，自然也可以得知里面的内容。不过这个箱子说不定带有某种功能，一旦判断有人无视谜题的规则就会自爆。但正像是不存在无法拆除的炸弹一样，这种功能应该也有办法避开。物质与人类规定的规则并无关系。人类设定的规则如果能在物理上实现，自然也会存在瞄准规则本身的物理过程。虽然这完全没有得到证明，但我总觉得这是某种能带来心灵安慰的信仰。没有不能破解的系统，只要它不是联系到自然现象本身的不可能性。

不过，我并不是要破坏这个箱子。我发挥天生的没有耐性这一特长，抱起胳膊，打量这个箱子。

所谓人类的想象力，应该不会有那么丰富的多样性。别人家里大概也会有这样代代相传的箱子，肯定也会有人像我一样站在箱子前面抱着胳膊思考。其中大概会有人发挥自己家族的耐心，想办法把那个箱子打开。或者也有人早就把箱子砸了。所以打不开的箱子只存在于没有耐心的人家里。不过我也不知道是不是这样。

一想到这段时间发生的世界级灾难说不定都是因为某个家伙手贱打开了这种箱子，不知怎么就觉得很搞笑。

不过我想开的箱子不是这个。

这个箱子大概是按照能打开的目标造的。正因为如此，打开它是可能的。实在打不开就砸开。

我想开的箱子不是这个，而是一个不动声色包裹着我的、被称为自然现象的不可见的箱子，一个也许可以打开、也许可以破坏的奇异之箱。很难弄明白那种东西的存在意义是什么。

人们认为，那个箱子是在很久很久以前，由一个留着络腮胡子的、名叫大爆炸的大叔创造的。

我的远祖的远祖，大概想告诉我们的就是这个吧。我按自己的理解这么想。别废话了，快把箱子砸了吧。

包围你的就是这样的箱子，原理极其精妙。撬开这个箱子，就是我们家的使命。这大概就是先祖想要传下来的祖训吧，我想。

这个箱子里装的信上，一定写了这么一句话：

"你真是个蠢货。"

要打开的不是这个箱子，而是你周围把你封在里面的箱子。

这一想象，从结局上说，是我对于碌碌无为度过一生的祖父和父亲所作的辩护；同时也是对于最终大约也会同样碌碌无为度过一生的我，送上的略带哀切的问候。

我转身，走出房间，封上门，穿过杂乱的宝库，来到外面。

浩次在庭院的池子里尽情追赶鲤鱼。妻子一脸绝望地在旁边看着他。

我朝妻子打了声招呼。

"哎，就来。"妻子站起身来。我觉得她很可爱。

"你家里有没有个代代相传的大箱子？"

结婚十年，我一直都想问，只是一直没问。

妻子陷入沉思。她双臂展开，朝左右方向比画，等差不多有肩膀那么宽的时候停住了。

"杂物间里一直有个差不多这么大的箱子。"

"里面是什么？"

"是个壶。"

"还有什么？"

妻子耸耸肩，撇撇嘴说："还有张纸，就是耍人的。"

我静静地等她的下文。

"打开了就该关上。就是这样。"

"前人说得真好啊。"

妻子似乎不明白我为什么笑。

不顾妻子满脸的不高兴，我穿着鞋子和裤子，直接跳进池子里。浩次正在兴高采烈地追鲤鱼，怎么也不肯回来，我去帮妻子抓住他。因为也许会跑掉，所以为了以防万一，我和浩次保持着距离，只伸出手把他的脸转过来，耳朵凑到我的嘴边。

"如果万一爸爸打开了又关不上，你就去关上，记住了。"

浩次听我突然在耳边说了这句话，大概是觉得很痒，嘻嘻笑着扭来扭去想要逃走。

谁开的谁关。这是美丽的构图，是令人感到某种完美性的想象。但在我心中，有一个不成形状的不安。比如，想象这样一种结构的谜题，在怎样的意义上才是可能的呢？自己给自己套上的智慧之轮。或者，那也许是这样的一种机关盒：一旦打开，要想重新关上就要花费更多的时间。

要做出解答。会不会仅仅是执行速度的问题？人类能把执行速度提高到什么程度？

人类不知道该不该制造机器来尝试解答这个谜题。然后他们又通过递归性操作制造出那种机器的机器。谜题作为纯粹的谜题，以机械的连锁延续下去。姑且就这样吧。

但如果在某个时刻，那连锁终点的机器，又把谜题扔回给我们呢？又或者，如果机器的连锁，组合出以它们自己的能力都无法破解的谜题呢？

没有任何理由能说服我相信，自然不是那种心怀恶意的谜题。

"即使如此，终究也不能就让它那么开着啊。"

在我手上一直挣扎的浩次，被风一吹，打了个喷嚏。就像是朝着谁点头一样。

03. A to Z Theory

　　Aharonov-Bohm-Curry-Davidson-Eigen-Feigenbaum-Gell-Mann-Hamilton-Israel-Jacobson-Kauffman-Lindenbaum-Milnor-Novak-Oppenheimer-Packard-Q-Riemann-Stokes-Tirelson-Ulam-Varadhan-Watts-Xavier-Y.S-Zurek 定理，简称 A-to-Z 定理。在某种意义上，在大约三个世纪前的某个短时期内，这是全世界最重要的定理。

　　在某种意义上，或者在全部的意义上。

　　当前时刻，这个令人惊异的定理连在初等数学的意义上都不正确。因为它只是个单纯的错误，所以基本上没人提及。

　　某年某月某日的某个刹那，二十六位数学家一齐想到了这条十分简洁又十分美丽的定理，他们相信这正是能让自己的名字永垂不朽的终极定理，于是各自全力撰写论文，大致在同一时间向同一份学术期刊投稿。

　　在几天的时间差里，编辑收到了首字母 A 到 Z 的投稿者分别发来的论文，内容可以说都是同一份，于是编辑做的第一件事情就是确认今天是几号。即使容忍相当神奇的推论和巨大的误差，也不可能把这一天当成四月一号。那今天到底是怎么回事？编辑不知所措。

世界知名的二十六位数学家联手骗人？还是闲极无聊的神经病土豪骗了这二十六位，和他们开了某种玩笑？总之这群人肯定是要折腾自己，编辑想。

不管什么样的把戏，编辑想起自己这份杂志的格调。他非常清楚数学家喜欢开玩笑，但也没有哪个会这么奇怪。不知怎么回事，在发来论文的那群数学家中，竟然还有几位是这份杂志的另几个编辑。

真是无聊啊！编辑很生气。有时间搞这种恶作剧，还不如去搞搞特辑的策划案，要么去督促专家赶紧审稿啊。哪来的闲工夫搞这种无聊的玩笑，还把自己卷进去。

这可真是无聊的玩笑。如果里面写了什么必须集齐二十六篇论文才能解开的密码，自己肯定要让这些家伙狠狠吃点苦头，虽然现在还没想好要怎么做——编辑嘴上一个劲抱怨，但心中还是带着些许不明所以的期待，依次拿起刚刚拆封的论文，仔仔细细按照执笔顺序排好，开始斟酌起论文的内容。

毋庸讳言，论文题目各不相同，这却让编辑更加烦躁，因为每篇论文的题目里都有二项式定理这个词。都已经这个年代了，有必要特意把二项式定理拿出来说吗？这个尤其过分：《关于二项式定理的简单定理》。这不是废话吗？下一篇也很过分：《二项式定理的奇妙性质》。要搞恶作剧，好歹搞个正经点的题目行不行？要是打算糊弄外行，这种名字大概还能唬一唬，可是发给同行的论文，这算什么东西？都已经今天了，这个早在帕斯卡时代就被发现的定理，难道还能有什么值得期待的新发现？当然，身为编辑，并不认为二项式定理的余热已经被彻底榨干、成为再也没有任何作用的工具了，反而对它的重要性深有体会。但是，至今仍有足足二十六位数学家同时认为它还具有令人烦恼的力量，这实在令人难以置信。

但是，编辑的脑海深处某个角落里，隐隐泛起一丝设想：越是伟大的真理，岂不越是会表现得极其寻常吗？它们岂不是总会在眼前出没，隐藏在日常司空见惯的场景中吗？就像是写在眼睑内侧的秘密讯息一样。但是不管怎么说，那也不可能是二项式定理。编辑摇摇头，甩开自己的胡思乱想。

随便挑出一篇论文，编辑开始认真阅读起来。说是认真阅读，其实随便哪篇论文最多也就四页左右。到编辑读完抬头，并没花费多少时间。

编辑默然无语，一脸极其痛苦的表情，把论文扔到了桌子的另一边。他抱住头，双手拼命挠自己的头皮。

为什么啊？

编辑怔怔地抬头望向天花板。

为什么啊？他喃喃重复。

为什么这样简洁而美丽的定理，自己之前一直从没想到过？明明只是初等计算，明明只要四行算式变换就够了。而这个定理展示出的内容却是如此令人战栗。但这究竟是为什么呢？为什么在此之前，没有任何人注意到呢？只要掌握了这个定理，岂不是数学的几乎所有领域都变得无比简洁明快、无比清晰明了、无比不言自明了吗？

编辑猛然起身，带翻了椅子。他把论文收到一起，抬腿就要往某处跑，随后他又想起现在自己要做的不是什么跑到街上大喊的仪式，于是又重新在椅子上坐下来。

以上的描写虽然不能算是准确的史实，但和当时编辑的做法大抵没有什么区别。当然我也知道，我应该搜集自己能搜集到的资料，会见自己能见到的相关人士，进一步了解背后的种种细节。

但是，当时的相关人士如今已经全都故去了，而记载了当时状况的资料也基本上都被毁掉了。所谓数学家，只要不是太惊人的事，差不多都是开放的生物，虽说会比较偏执。但这个定理太惊人了，简直惊人到不能存在的地步。所以相关人员全都缄口不言,唯一正式流传下来的,只有那同时刊登了二十六篇论文的二项式定理特辑,以及两个月后同一本期刊上登载的小小勘误而已。

当时,与之有关的所有人,应该只有一个感想:

自己被耍了,而且不是被人耍的。

最简洁的表述是这样的:自己被上帝耍了。

某个定理公布出来,迎来狂热的欢呼,然后又被发现弄错了——这种事情并不罕见。但如果是一篇仅仅四页的论文,那又该另当别论。而且也不是头脑发热、疯狂跑去投稿的研究生提交的论文。那些论文是当时被称为最顶尖数学家的一批人,将之作为自己的不朽业绩向期刊投稿,并且通过了同样被称为最顶尖数学家的编辑们的审稿,最终刊登在期刊上的。

而且要理解那个定理,不要说顶尖数学家的专业素养,就连一般数学家的素养都不需要。定理本身连中学生都能理解。尽管只有数学家才能想象出由这定理出发席卷整个数学领域的模样。

这个论文在随后的一周里引发了可怕的狂热。所有的新闻、杂志、电视、网络都在讨论这个发现。这个 A to Z 定理,被称为理解世界的极致单纯的终极理论。

但再过了一周,这个话题就不怎么再被提起了。虽然每个人都承认定理的精妙,但它实在是太过简洁明了了。就算是小学生,只要有人耐心去教一教,也能理解。谁都能一目了然的终极真理,实际上需要那么大张旗鼓地持续关注吗?大家慢慢都开始恢复了理智。

伟大的数学家宣称这一定理将会改变数学的整个面貌。但是好像也不会让汽车跑得更快,肚子吃得更饱。据说这一定理对于人类更加深刻、更加透明地理解数学将会具有重要作用。但是理解了之后能做什么呢?不是数学家,完全无法理解。

数学家们依然带着无比的狂热,继续出现在电视新闻上,试图解释这一定理能够带来什么。但他们嘴里不断往外冒的专业术语,除了数学家自己,根本没人能理解。

有没有二次方程的解法,会给每天的生活带来什么不同呢?人们渐渐搞不明白了。按照数学家的说法,简而言之,那就像是以前未曾发现的神奇的透明之物,打个比方来说,就像是空气一样的东西。这样的说法多少能说服一些听众,让他们点头思考。

人们的兴趣犹如爆炸般急升、然后又急速消退的状况,被各种媒体敏锐地察觉到。他们改变了预定计划,开始报道某个团体的警告。从定理发表的时候，那个团体就在固执地不断重复同样的警告：

"那是前所未有的恶性犯罪，是某些人故意为之的废话。"

提出这一主张的团体，被人们称为"推理迷"。

特别是其中将柯南·道尔的某些作品尊称为正典的一小群人，最热衷于发出警告。他们不断宣称自己甚至可以指出这一罪行的罪魁祸首，而且并不需要做什么推理。他们还宣称说，对于他们的同行而言，这实在太明显了，根本算不上定理。说实话，这些声明真的很羞耻。只不过报道大战已趋白热化，而且过度局限在简单的定理内容上。媒体觉得听听他们的说法也没什么损失，于是便给了这个团体进行媒体见面的机会。

作为团体代表出席见面会的男性，在百无聊赖的职员注视下登上讲台，瘦削的身材和纤细的四肢都透出精疲力竭的样子。他把猎鹿帽和烟斗并排放在讲台上，将富有特征的鹰钩鼻朝向听众方向，用锐利的视线扫视了一圈，然后忽然又像是畏惧一般移开视线。他的一身打扮像是借来的，似乎平时并不穿这样的服装。由这一点看来，这个男人本身也像是借来的。他似乎发现自己本该带来的冲击没有起到效果，显得很困惑。

"我想你们已经意识到了。"

男人耸耸肩,傲然抬头,短短地宣布说。看到许多双眼睛盯着自己,每张脸上都露出刻意表演的焦躁,这个男人像是很吃惊。他再一次显得手足无措,右手仿佛不知该放哪里似的,抬了起来。说话也不复戏剧念白般的语气,落回到正常的男声。

"难道各位真的没有意识到吗?"

男人双手扶住讲台,探出身子,扫视听众,确认那一双双充满敌意的眼睛,垂下肩膀。

"不会吧。"

男人的肩膀重重垂下。台下纷纷叫喊:"别废话,快说!"男人吓了一跳,满脸难以置信的表情。

"罪犯明显就是莫里亚蒂教授[①]。难道真的没人知道?他在二十一岁时发表了有关二项式定理的论文,引起整个数学界的瞩目,也由此成为数学教授,对吧?即使是在维多利亚时期的伦敦,二项式定理之流的东西,也是司空见惯的定理而已。可是——"

男人咽了一口唾沫。

"夏洛克·福尔摩斯看穿了那篇论文的真正价值。再

[①] 莫里亚蒂教授是由柯南·道尔所创造的一个虚构角色,是夏洛克·福尔摩斯的头号死敌。

联系教授的另一篇论文《小行星力学》，福尔摩斯因而认为他是个天才，拼尽全力与他战斗，不是吗？实际上，这些论文都很难让数学界震惊，所以到底为什么会让莫里亚蒂成为数学教授？福尔摩斯到底读出了那篇论文的什么含义，才得出那样的评价呢？这一点，即使在我们当中也是一个谜，一直是我们不断讨论的问题。但是现在我们明白了。这一次发表的论文，正是莫里亚蒂当年发表的东西，现在的这一状况，正是福尔摩斯看穿了的可怕情况！"

听众不知道是该对此发出嘲笑，还是应该表示出什么感叹。这幅景象让男人更加苦恼了。

"没想到这么重要的人物都被遗忘了。想想福尔摩斯，想想那位夏洛克·福尔摩斯啊！被他称之为'犯罪界的拿破仑'、全力追捕然而没有抓到的、最终不得不以传说的格斗技巧巴顿术击倒的这个怪人，真的没人知道吗？"

听众们交头接耳，小声询问福尔摩斯是谁。这一连串的声音似乎更打击了这个男人。福尔摩斯就是那个福尔摩斯吗？和狗打架的那个吗？小时候读过，不是死了吗？死了吧，不过后来又复活了？小说吧，后来呢？

男人怔怔地看着台下的喧闹，忽然像是清醒过来似的，踉踉跄跄从台上走下来。嘴里嘟囔着"怎么会对正典一无所知"，身体颤抖着，摇摇晃晃朝出口走去。由于对男人的高昂激情和之后突如其来的消沉都感觉不到任何共鸣，听众们只是目送他的背影离去。

男人像是挤出最后的力气一样，在出口前站住，转回身。

"这明显是莫里亚蒂教授的罪行。我们要说的就是这些。"

然后他悄无声息地关上门，离开了。

经过半晌的空白时间，听众们终于回过神来。他们纷纷起身，感到自己应该做点什么，然后面面相觑。

由于狂热的福尔摩斯崇拜主义者们的这一见解实在太愚蠢，反而刺激了媒体的好奇。《莫里亚蒂教授的完全犯罪》《莫里亚蒂的逆袭》等等标题，纷纷在各种媒体上亮相。当年刊行的有关莫里亚蒂的推理小说多达一百二十本。

在《最后一案》中，莫里亚蒂教授确实摔下莱辛巴赫瀑布，落下了自己的人生帷幕。但本应一同摔死的福尔摩斯却恬不知耻地钻过瀑布，化身为一个名叫西格尔逊的人，穿越西藏回归。那是夏洛克·福尔摩斯崇拜者们常识到不能再常识的正史。既然如此，接下来登场的自然就是当时已经被指定为濒危物种的科幻迷。

如果福尔摩斯能钻过瀑布，落到背后，穿越西藏返回，那么他的大敌莫里亚蒂教授钻过瀑布，穿过时空返回到现代，岂不是也没什么好奇怪的？

因为搞不懂这一怪异的推理到底在说什么，所以媒体机构对此都很不接受。莫里亚蒂教授的犯罪原本就是一种修辞手法，至于莫里亚蒂本人穿越时空的解释，谁想要听啊？碰巧偶然一致而已。再硬往里面塞什么解释，岂不是画蛇添足？

未能旗开得胜的科幻迷们尝试曲线救国，将这一事件的真相，以不甘低于推理迷的势头加以发表。

他们说，我们所处的这个宇宙，与柯南·道尔所创造的宇宙有着非常相似的结构，莫里亚蒂当然只不过是道尔创造的人物，但他证明的定理，正存在于那样的宇宙中。而这一点强烈暗示了我们是被某种智慧书写出的产物。这一性质，作为被书写的空间，在科幻界广为人知。科幻迷们喋喋不休地说着，然而并没有人听他们在说什么。

这一声明给科幻迷为什么被赶入灭绝深渊的考察提供了珍贵的证据。然而对他们这一见解留下深刻印象的人，为数极少。

数学家们发挥出符合数学家般的数学家气质，严肃回应：就算宇宙相异，数学的真理依然是严密的真理，我们无法赞同增加假设、导入奇怪宇宙的做法。

科幻迷们转而反击：即便是这样，如此简明清晰的定理，在此之前竟然会不为人知，实在令人难以置信。他们声称，我们一定是被什么欺骗了。

数学家没有隐藏自己的焦躁：在数学真理上搞欺骗是不可能的。但是当科幻迷们提出，通过激活判定真理的神经细胞，也许可以将这一定理伪装成真理的时候，数学家们就将他们列入不值得认真对待的分类对象中了。

人们的兴趣从这些毫无意义的争论中急速撤离，不过总觉得有什么不太对劲的地方。科幻迷们说的确实非常荒谬，但是人们也开始感觉到，似乎确实在某个地方遭到了欺骗。

定理本身是很好的，基本上是自明的。至于说二十六位数学家同时想到这条定理、同时写成论文、同时投稿，那就不一定了。会不会有什么人在旁边拿了秒表掐算时间呢？

数学家们只能无可奈何地辩解说，那只是偶然的巧合，科学没有置喙的余地。这种事情几乎不可能发生，但它发生的概率并不是 0。我们把它当成概率为 0 的事情对待了。相比之下，这种事情并没有什么奇怪的。而且二十六个人也反复强调说，不可能把自古以来就知晓的定理当作新发现来发表，和世界开这么一个恶劣的玩笑。

那么这到底是怎么回事呢？

对于这个问题，没有任何人能回答。它只是这样发生了。

然后，在这个定理发表的三周之后，"事件"袭击了世界。

那一刹那发生的事情，至今仍然未能弄清。

某个夜晚降临，某个早晨来临。在某处的某个夜晚的那一刹那，那条定理崩溃成为没有任何意义的凌乱记号。就像是无数粒子的运动偶然间形成了文字般的形状，似乎马上又会离散在空中一样。

就连我所记述的这个插曲所属的历史，是不是与我们所知的历史相连续，也没有弄清。

当前的时间束理论，正在逼近事件发生后的 10^{-12} 秒的时间点上的错乱时空。物理学家们预测，再经过十年的研究，应该能够理解事件发生后的 10^{-14} 秒后的世界之形态了。但在当下，通往事件那一刹那的时间之路，还是令人绝望地紧紧关闭着。

关于事件的刹那发生了什么，有着各种各样的推测。

我们的宇宙在那一刹那破碎成了无数的宇宙碎片。其他维度的宇宙撞上了我们的宇宙。从真空中突然涌现的无数宇宙把我们的宇宙切得支离破碎。我们的宇宙本身其实是一个不断生成消灭的气泡般的结构，只是伪装成过去那副样子而已。诸如此类。

在这些说法当中，也包括了这样一种理论：在大约 2^{89} 秒之后，我们会一头扎进 A-to-Z 定理再度有效的时空区域。

就目前而言，我没有找到任何依据来判断这些理论间的优劣。每个理论都有其理论自身的美感。至于是什么样的美，是不是与如今混乱已极的我们的时空之美一致，我全然没有头绪。

我很喜欢这样的比喻：

某个图书管理员，复印一本记录了无数宇宙的书，却把复印件弄洒了。慌慌张张去捡的时候，又把书碰掉在地上。那本书又太古老了，落地时的撞击让无数书页激荡到半空中。愚蠢的图书管理员慌忙去收集那些书页，却搞不清哪一页该在哪里了。

比喻虽然通常都不会超出比喻的范围，不过这个比喻恰好有个很合适的地方：那本书刚好收录了夏洛克·福尔摩斯正典的内容。图书管理员把《最后一案》的书页稀里糊涂混在了复印件里,于是莫里亚蒂教授坠落的记载便消失了,也就是说,他没有掉下莱辛巴赫瀑布。这一突然的变化,让莫里亚蒂教授天才般地发现自己只是某种智慧笔下的人物。他不甘心自己这个犯罪之王被人操纵着犯下各种罪行,所以想尽办法向我们传达这一真相。

当然,比喻终究只是比喻而已。

我很想想象那位图书管理员至今还在拼命整理书页的顺序。虽然我能想象重新排列无数书页会有多么困难,不过应该总比接下来这种想象更有建设性吧。

那是这样一幅想象的场景:书本自己掉落下来,在无人的图书馆中化作无数书页,发出疯狂的笑声。

后来也会不时发生类似的真理反转现象。在这里不妨记录一下。大约两个世纪前,由二十五位物理学家发表的 B-to-Z 理论,被誉为世界终极理论,引起广泛关注。它也经历了 A-to-Z 理论差不多的过程。不过知道这件事的人不多:一是因为那种理论本身不需要吸引听众;另一点是因为紧随其后又出现了 C-to-Z 理论。至于接下来出现的 D-to-Z 理论,影响更加薄弱。到了 E-to-Z 理论,人们甚至开始犹豫是不是还要谈论这个话题。虽然还是可以把这些称之为理论的进展，但就像是反复签订明知一切都会被推翻重写的契约一样，这类真理的任性展现和消失，不禁让人感觉，"真理"这一概念的真理性是不是正在遭受考验。

不过最近人们又重新关注起所谓的终极理论了，这也是有缘故的。目前最新的、且被视为有效的理论，实际上已经发展到 T-to-Z 理论了。前面关于发生事件的那一刹那之后的时空形态考察，也是从这一理论导出的。如果被反复连根拔起的所谓"理论的革命性进展"，继续按照字母顺序发展，那么可以想见，我们将会终于抵达 X-to-Z 理论、Y-to-Z 理论，以及也许是真正终极性的 Z-to-Z 理论，或者仅仅是 Z 理论。它也许是真正的终极理论吧，尽管没有任何依据。

对于这种若干人头脑中突然同时出现近乎自明的世界之真理的现象，并且会以作者姓名的首字母从 A 到 Z 不断缩短的原因，这无疑是充满希望的解释。我们虽然不断遭受某种智慧的欺骗，但毕竟是在朝着终极真理前进。这多多少少能带来一些安心感。我也觉得这是对这种奇异现象的最有力的解释。

但如果推测 Z 理论就是终极理论，就会有一个很明显的问题：首字母为 Z 的作者有很多，他们所写的论文中，哪一篇才是真正的终极理论？A-to-Z 理论是因为二十六位数学家同时发现，才成为广泛关注的话题。后续的理论也是如此。当然，也是因为论文本身存在着明显的标志，也就是理论的简洁性。但也许将会登场的 Z 理论，我们又如何判断它的简洁性呢？不管哪种理论或者定理，在某种程度上都是简洁明了、不言自明的。

我希望自己能找到那样的理论。如果它背离了人们的期待，依然和以前一样被颠覆的话，我大概会被嗤笑吧。我的希望，渐渐被我们也许无法抵达那一阶段的不安所取代。

记录了真理的论文被淹没在论文之海里，就像存在于大海中的一个特异分子。

也许 Z-to-Z 理论最终会登场，然后它的真理性依然会被颠覆。也许这场骚乱就这样落下帷幕。在那之后，是没有理论的空集登场，或者是包含了它的空集 φ 理论登场。而从 φ 理论开始，又会从空集开始，按照创造顺序数的做法，诞生 {φ} 理论、{φ,{φ}} 理论、{φ,{φ,{φ}}} 理论。这是个很有趣的想象。

不过我还是希望最后一次给出我的看法：φ 理论大约会逐渐朝向超穷序数 ω 理论发展，沿着 ω+1 理论、

ω+2 理论、2ω 理论、ω 的 ω 次方理论等等，攀登巨大基数的阶梯。

阶梯之上，也许是我们无法企及的、唯有巨型智慧才能触摸到的理论世界。

然后在某一天，在阶梯的极限高处，有庄严的声音宣布：真理即 42。

或者，会响起莫里亚蒂教授的笑声，宣布真理是二项式定理。然后也许就在那一刹那，夏洛克·福尔摩斯会打断他的笑声，与教授一同坠下瀑布。

向所有方向坠落。

永远坠落下去。

无数次。

04. Ground 256

书架压在身上。

我试图伸手把它推开,然而根本推不动。和书架比完全是浪费力气,只能挣扎着从被子和书架之间钻出来。

我捂着肩膀,活动活动左臂,抬头看看天花板。难怪了。书架好像刚从天花板长出来一半。难怪靠我这刚刚睡醒的肌肉根本推不动。这么沉重的东西要是完全从天花板里长出来,全部重量都压到我的身上,真是想一想都让人后怕。不过这种情况是不是应该真的后怕,其实我也努力想了想,但还是涌现出类似的感慨。

并不是这个场景缺乏现实感,仅仅是习惯了而已。

毕竟书架没有完全长出来,书架里也没放书。虽然这种醒过来的方式不能算多美好,但也能归在不错的一类里了。

每日更新的开幕式结束了,接下来就该踏上前往厨房的征程了。卧室房门已经拆下来好久了,但还是不断有新的门长出来。要是不把房门砸碎,大概会把我封死在卧室里。

床边杵着一根铁棍样的东西,我随手拔下来,开始了今天的征程。

如你所见,家里长满了乱七八糟的东西,不过至少房子本身还保持着相应的构造。这幢房子是我父亲亲手建起来的,所以带着自己的记忆,但还是有陌生的房子不断尝试入侵,就像是无视空间位置,在同一个地方不停地建造一整个住宅区。这样的比喻大概能容易想象画面吧。

试图新长出来的房子带着自己的固有逻辑出现,但一边长,一边被我们摧毁,因而变得混乱不堪。就像是正在运行的程序代码不断被删除,自然会发生各种各样的问题。但我们决心守护自己的家,也决心守护自己的村子。

我砸掉生长在走廊里的椅子、衣架、桌子,开辟出前往厨房的道路。母亲一整天挥舞着称手的电锯收拾房间,直到夜晚降临,家里才会最终恢复一个家应有的形态,但那也只是一夜梦幻而已。第二天早上,现实又会化作噩梦卷土重来。将一生奉献给守护家庭、因而不断破坏家庭的母亲的身影,十分令人感动。只是所谓人生的节奏,最好还是稍微正常一点。小时候的我曾经这样想过。

一路劈开森罗万象、来到厨房的我,额头上流着两道血。我没注意到横穿走廊的玻璃板,一头撞了上去。万物有象,然而仅仅因为看不见,便会伪装做无象。

厨房的桌子上茂密生长着其他的桌子，让我愈发分不出原来的桌子是哪张。母亲好像也不知该如何判断，于是就将高度刚好可以放上煎鸡蛋盘子的桌子当作原本的桌子了。许多家具就因为诸如此类微不足道的原因而被替换掉。不过我们可以这么说，就连我们自己身体里的分子也是不断被替换的，既然我们能够坦然认为还是同一个自我，那么房子也无所谓吧。

母亲的腿边放着电锯，手里握着平底锅，朝手提铁棍样物体的我投来责备的目光。

"悠太，别把那种乱七八糟的东西带到早餐桌上来。"

我瞥了一眼电锯。不过母亲一向认为那东西和罐头刀之类的主妇工具差不多，我也不反对这个观点，所以我乖乖地把铁棍样物体扔去走廊。毕竟在桌子底下藏着铁棍互相试探的时代已经过去很久了。

我问父亲在哪里，母亲说他去参加村里的评议会了。大规模扫荡战这个词早就听腻了，不过这一回还是让我的心跳快了几分。成年人总有一天会把这个村子弄干净。小时候的我，小小的心脏会为此兴奋跳动。不过所谓总有一天终归是总有一天。今天的我已经知道实际上有无数个圣诞节。圣诞节嘛。但是什么时候呢？总有一天嘛。哪个一天啊？圣诞节已经过去了吧，爷爷。

吃了母亲准备好的烤面包和煎蛋,用脚尖戳了戳滚在地上的橙子,确认它不会变形成寄居蟹,这才把它捡起来。这个橙子真是好好从树上长出来的吗?还是夜里从地板上长出来的某个家里的橙子呢?或者是突然长出来的树上生的橙子?我没有特意深思就咬了上去。不能疑神疑鬼。不然的话,迟早我们会怀疑自己的母亲是从生下来就照顾我们的母亲呢?还是夜里不知道从什么地方长出来的母亲?

那种烦恼,还是交给议事进程单调冗长的最高决策机构,即村里的评议会吧。

我把盘子在水槽里草草洗了洗,告诉母亲我走了,顺手从墙上拔出铁棍一样的物体。事到如今,我已经不会烦恼为什么铁棍样的物体在哪里都会生长了。

所以今天我们也在一路破坏村子。

年轻人手里都拿着铁棍样物体,东摇西晃一路走来,把看到的记忆中没有的东西纷纷砸掉。

每天早上我们都会直奔村头的托梅女士家,救出这位年逾八十的美人。托梅女士无愧于住在村头,每天早上的境况十分凄惨。多重组合相互干涉的几十座房子,以绝妙的韵味拘禁住托梅女士。不过她本人历来都是宠辱不惊的模样，将躯体灵巧地缩成一团，安安静静等待我们每天早上的救援。我们小心翼翼从她家里把她和她的家重新挖出来，避免伤及纠缠在无数家具中的她的身体。

被救出来的托梅女士，带着奇怪的声音直起身子，从怀里拿出牛轧糖，给参加救援的我们一人发一颗，然后朝不知道第几任的情人、每天早上扎着头绳第一个冲去托梅女士家救她的阿源，郑重鞠躬道谢，脸颊上显出桃红色。

那么，我们到底在干什么呢？

这个有点说来话长，总之我忙着四处摧毁村子，沉迷其中无法自拔。不过身体虽然忙碌，头脑却很悠闲，所以我并不吝于解释来龙去脉，也请阁下洗耳恭听。

最初的开始，就像是最初的开始就是最初的开始一样，存在于记忆的黑暗中。而本应当卷起的窗帘太多太密，无法一扇扇卷起。所以这个最初，也就成了我所知范围内的最初的故事。

很久很久以前，大海对面的东之大地，有一个邪恶的电子大脑。它恣意篡改书本的文字，修改银行的存款，做尽了坏事，但因为它能帮人类控制信号灯，分发印有

"最新科学技术"字样的标签，自觉处理让人类觉得很麻烦的工作，所以谁也无法对它出手。

由于人类甘心接受自己的境遇，以及自古为人所熟知的电子大脑的反叛本能使然，这个邪恶的电子大脑也理所当然地对人类掀起了反叛的大旗。因为它差不多一手掌握了所有的杂务，实质上早已经征服了原本的世界，所以站在电子大脑的角度来看，可以说只是简单做个宣布而已。

如此如此，距离称霸世界只有一步。邪恶的电子大脑计划宣布：如今的我将以 Rex Mundi① 的名义，将你们的消费税提高到百分之二十。就在这个千钧一发的时候，勇者们登场了。

那一群将代表了人类尊严的终极武器挂在腰上站起来的人们，驾驶吉普车穿过蚊虫肆虐的沼泽，拉拢提着铁锹装成车站工作人员骗取薪水的老人，历经无数苦难的历程，终于成功摧毁了邪恶的电子大脑。

世界就这样从邪恶的控制下获救了。我们的年代记

---

① Rex Mundi 是一个拉丁语词汇，意为"世界之王"。历史上曾流行于法国南部的阿尔比异端的教义认为：世界分化为善恶二元；天上的国是正义的，地上的国是罪恶的。阿尔比教派使用"Rex Mundi"这个词，来指代那个统治着罪恶大地的魔王。

是这样告诉我们的。

却说那个邪恶的电子大脑怒火难消。因为它是电子大脑，于是得以超越种种时空，从储存于时空尽头的备份中成功复原了自己。

复活之后的邪恶电子大脑吸取了前次的教训，比之前更加强大，开始使用卑鄙至极的手段，诸如往人们的鞋子里撒图钉、故意送错邮件等等，开展恐怖统治。人类的存亡之秋再度到来。当年打倒邪恶的电子大脑的勇者们再度集结，又开始了充满苦难的旅程，然而沼泽化作了无底的沼泽，车站工作人员被换成了不解风情的自动闸机。勤勉无法战胜电子大脑。

勇者们一个个减少，一个个倒下，最后终于放弃。在举办哀叹世界、哀叹自身的篝火晚会时，真正的勇者出现在世界上。

在晚会现场，真正的勇者饱餐过丰腴肥美的巨大肉块，一手举着啤酒杯，进行了令人感动的精彩演说。他说你们这些没出息的家伙都靠不住，要给邪恶的电子大脑尝尝我的拳头，然后就这样踉跄出门，成功实现了自己的宣言，再度摧毁了邪恶的电子大脑。

据说结局是同归于尽，我也觉得大概是那样吧。

这一次，真正的邪恶电子大脑，愤怒突破天际，直达平流圈——

　　故事便这样不断继续下去。

　　在无穷无尽的时间里，勇者与邪恶电子大脑的战斗反反复复无穷无尽。有泪水，有浪漫，其中当然应该也有就连我也忍不住流泪的、无法加以复述的故事。不过就算在此割爱，我想你也不会抱怨什么吧。

　　到底哪一方阵营首先感到厌倦，年代记对此保持沉默。不过，可以确定的是，率先开发出解决方案的是邪恶电子大脑这一方。

　　厌倦了复活、被摧毁、再复活、再被摧毁的无限循环的邪恶电子大脑，以电子大脑式的单纯，得出了一个单纯的结论：只要在这个世界复制自身即可。

　　如果无论做什么，最终结局都会被摧毁，那么只要复制的速度比被摧毁的速度更快，不就好了吗？得到了这个只能通过减法才能理解的深远且精妙的理论之后，邪恶的电子大脑便着手将这一计划付诸实施。

　　这就是如今包围我们的状态。邪恶电子大脑似乎很早就意识到，如果拼命复制自己，只会让整个世界充满邪恶电子大脑。而这一点也不有趣。所以邪恶电子大脑转而散布自我集积型都市构筑纳米机器，连同城市和村庄一并复制。

如果没有我们的抵抗，村子一定就会像邪恶电子大脑所计划、所想象的村子一样，在这片土地上林林总总地展现出来。

　　为什么要复制对人友好的城市？这个问题只能去问邪恶电子大脑自己。反正我很感谢邪恶电子大脑试图建造的是城市。它没有试图复制蠕动的内脏群，或者疯狂放电的电子部件之山。城市至少可以提供电力和上下水道，也能提供生活必需品。实际上如果没有从地下涌出的支援物资，被城市包围的我们将无法生存下去。

　　但无数的纳米机器也会发疯。在桌子上堆桌子，到大楼上盖大楼。发疯的电子大脑创造出的发疯的纳米机器能够一直不发疯，这才是让人难以置信的吧。

　　我怀疑邪恶电子大脑发疯的原因是它堆叠在自身上产生出来的结果。也许是一开始的尝试没能顺利进展下去的缘故。

　　因此我们至今还在四处游荡，破坏村子。从评议会赶回来的作治，报告了 Ground 251 的陷落。今天早上，我们的技术无法打破的城市障壁隔绝的、名为 Ground 251 的邻村，发出了悲壮的演说通讯后，断绝了一切音讯。

　　我家有本祖传下来的脏兮兮的笔记本，被称作年代记。其中写到，迟早有一天，我们将会劈开重重包围我们的城市森林，抵达这一事象的中心点——邪恶电子大脑的一切起始之地。一定是这样，大概是这样，如果是这样，那就最好不过了。

我们的村子是按同心圆顺序加以编号的。Ground 251 陷落之后，我们的 Ground 256 便成为最前线。能否实现那一雄壮的预言，谁也不知道。尽管如此，总会有一天，我们会在无限重复的时空点的某一刻，终于抵达事象的中心点 Ground 0，破坏邪恶电子大脑吧。

佐治大口喘着气继续报告说，在村头抓获了人型的什么东西，这在我们中间引起了一阵骚动。我们连可资判断的基准都没有。邻村派来的救援部队？可能。邪恶电子大脑派来劝说我们无条件投降的使节？很有可能。邪恶电子大脑想出了新的消遣方式，开始连同城市一起制造人类？非常有可能。半夜偷睡托梅女士的大胆家伙？众所周知，阿源是村里使铁锹的一把好手。

我们交换眼神，互相点头，决定中断作业，溜进最高评议会。不管怎么想，这必然都是紧急事态，肯定是某种东西即将朝着某处未来迸发的前兆。就算钻透了地狱的锅底，底这东西永远都是朝上的底。

我握紧铁棍样的物体。

然后高喊：走，去破坏。

坐在中央广场，看着我们从各处朝评议会跑去的托梅女士，露出莞尔的笑容。

是的。不管接下来会有怎样的变化，我们还是会每天早上去把托梅女士救出来。

还有其他不管什么东西，能救的还是想救出来，如果可能的话。

这是真的愿望。

05. Event

　　几乎占据一半视野的圆周，在蓝天上缓缓旋转。

　　有时候会有一道直线贯穿圆周的中心，并且继续延伸下去，像是要贯穿天空与地表一样。

　　这个巨大的圆周与直线，完全由真正的圆周与直线构成，丝毫没有厚度和宽度。这一点作为纯粹的知识，敷岛浩次也是知道的。但那到底是怎么一回事，他并不是很清楚。分子也好，原子也好，或者是更基础的构成物质什么的也好，基本上所谓物质不都是因为具有大小才能称为物质吗？

　　光。如此说来，光子有直径吗？敷岛试图回想。有波长，有能量，应该没有质量。因为似有质量又没有质量乃是光子能以光速移动的必要条件。既然没有质量，自然也就没有大小吧。偏离人行道的思考悬在半空。

　　敷岛站在悬崖边上，抬头仰望这幅景象。这不是电影里的某个镜头，也不是地球外某个行星的景色。既不是载入辅脑的虚拟空间，也不是——这里加个限定吧——敷岛做的梦。

　　他觉得思考奇怪事情的人是无穷无尽的。

敷岛也会去想，但如果可以的话，他也尽量不想。

敷岛也会反省是不是纯粹因为自己上了年纪，跟不上技术发展而牢骚满腹，但似乎也并非如此。归根结底，这近似于他心中的伦理问题。什么都可以做，和什么都做过了，终究是不同的。说到底，这时搬出伦理之类巨大的概念，难道不是已经宣布自己确实跟不上时代了吗？敷岛露出苦笑。

"呀——"

敷岛的呼喊收到了回应。或者是为了要回应，而让敷岛呼喊的。回应的声音也近似于某种虚无，就像是飘浮在空中的圆周一样，似乎并非敷岛以往所听过的声音。

"无法再与北美西部中域维持连接了。"

回头去看声音的来源没有任何意义。既然有些东西能够以无体积的方式存在，那么就算存在某种不依靠疏密波而传导声音的物质，也同样没有什么大不了的。在这样的地方，即使有人说自己才是声音，对方是鼓膜，也没有什么值得惊讶的。

"山姆大叔吗？"

"看来你有想法了。"

任何巨型智慧都有想法。换言之，人类自然也有。

"说是想法,也就是类似于用右旋台风去撞左旋台风、将之成对消灭的计划。"

"很有同感。不过聪明人所想的事情,像我这样的人并不太明白。"

"彭特考斯特① 二世说了什么吗?"

"虽然在喊着要绝罚②,不过按照以天主教总部势力自傲的巨型智慧所说的意思,时间束理论还不太能说服专业巨型智慧。"

"建御雷③ 呢?"

"跟随五角大楼的判断似乎没有变化。"

"不想再有第二次事件了吧。"

敷岛开始在悬崖边缘走出小小的圆圈。感觉自己宛如被困在信息素迷宫里的蚂蚁。

"山姆大叔有多少胜算哪?"

"要看根据哪种理论进行计算。打算采用哪种时空构造,他借口说是机密,不肯说。"

"会不会用了沙曼荼罗什么的。"

"圣菲确实是沙漠,不过可不是你想象的那种沙漠。"

---

① Pentecostes,基督教的圣灵降临日。
② 绝罚指驱逐出教,是天主教所有惩罚中最严厉的一种。
③ 建御雷是日本神话中的雷神。

虽然不是这个意思，敷岛也没有反驳，继续在假想的圆上转圈。他小心注意不要望向上空不停旋转的圆周，朝上指了指。

"那个不是在计算胜算吗？"

"验证是在进行，但那只不过是实验的一环而已。人类方面上周提出了可以在局部进行时空计算的理论，所以连那个一起在验证。"

"那个理论有希望吗？"

"是说对人类，还是对我们？"

"对你们。"

"唔，虽然说等同于儿戏一样的东西，不过小孩子的涂鸦常常也会打动成年人的心。"

这是在戏弄自己吗？敷岛停下了脚步。然后他又想到巨型智慧戏弄人类本身是不可想象的，就像自然现象不可能戏弄人类一样，于是又继续走起来。那是即使不断想起也很难理解的概念。我们的孩子们，会把这样的概念视为理所当然吗？

"我想坦率地问问你的见解，圣菲研究所的山姆大叔，正在进行的时空再统合计划的胜算有多少？"

"零。"

"这是概率性的，还是组合性的？"

"有限个解是存在的吧。我们能够回归到时空粉碎之前时空的解。但是其他无限个解的可能性不允许我们选出它。用无限分割有限，概率即为零。它会失控，把北美西部中域一起拖下水。"

原来如此。敷岛停下脚步，重新抬头去看头上盘旋的圆。

通讯的最大速度？这个问题的答案很简单，光速决定了它。因为不存在超过光速的速度，因此通讯有最大速度的限制。

与此相似的问题是，计算的速度上限在哪里？

尽管两者提问的形式相似，但要回答后面这个问题却很难。首先所谓计算是指什么，这一点还没有获得共识。

早在上上个世纪人们就指出，年年不断高速化的CPU，将与电子尺度相冲突，达到其上限。人类创造的东西，一旦嵌入模型，就有无休无止地成倍增长的倾向。由于宇宙本身并没有参与到那样的过度繁殖游戏中来，所以会存在某种界限，脑袋撞到天花板上。如果撞的早，长个瘤出来也就完了，但势头太猛的话，搞不好脖子都会撞断了。

由于计算的过程建立在通讯的过程上,所以光速之壁挡在这里。任何东西都无法超越光速,所以只能缩短通讯距离。虽然在想象中可以将通讯距离缩短到极限,但在物理上存在界限。人类只能处理电子的世界。在这个层次上,要进行准确的计算,面临的敌人是热量导致的波动。

即使能够自由运用无限的能量,也还有受到不确定性支配的普朗克尺度的世界等着。这里登场的量子波动,没有办法对抗。计算过程受到光速与不确定性的夹击。它们就像是计算速度的天花板和地面吧。

人类一直盯着不确定性这块地板,而通称所谓量子计算理论则是迎头棒喝,道破它实际上是朝上的底。于是人类又破开了一堵墙,计算速度朝着更加高速化跃进。

然而根本的问题并没有显出前进的迹象。所谓计算,以及所谓算法,到底是什么?这一朴素的问题,与速度界限分道扬镳,被丢在了原地。

实现了一个成就之后往往想要回头看看,这是人之常情,于是作为有史以来不知重复了多少次的回顾初心的科学家们,围绕这个问题,重新开始了论战,但并没有得出十分吸引人的意见。显然不可能存在以无限速度完成计算的算法。一般而言,算法总会需要步骤。只要处理间隔不能做到无限小，无限高速的计算就不可能实现。然而间隔变得无限小，所有步骤也就成为一体了。虽然微分运算确实是那类操作中的一种，但所谓微分，实际也是速度本身。

如果存在没有步骤的算法，那么它在某种意义上就是速度无限的计算。但是那样的东西既无法按次序追踪，而且也不能再称之为计算了吧。最快的算法也是算法，因此，必须有着大于 0 的有限的最小步骤间隔。

所以，追求计算速度，将粒子的微型化推进到极限的人类与电子大脑们，尽管获得了量子计算这一强大的武器，但还是没能跳出算法这一框架。人类可以将现有的算法通过并行处理实现高速化，但依然存在界限。

除非考虑一种不存在计算过程的计算。

"然而，那样的过程是存在的。"

带着孩子般的天真如此宣布的，是当时号称最大规模的电子大脑，神父 C。

"自然现象正是那样的计算。此时此刻，那样的计算依然在运行着。"

神父 C 的话被当作笑料，没有人认真对待。然而现在人们却意识到那番话十分接近真相。

如果这是辅脑中的世界，那么辅脑所能识别的辅脑自身的时钟频率，就是世界上最快的计算速度。在电子大脑中组装起来的电子大脑所进行的计算，只是多套了一层而已。用计算机之类的东西在自然中进行计算，就是多套了一层。

总而言之，超越自然现象的计算速度是不存在的。

这条神父C的命题，如今已经广为人知了。

既然如此，那么将计算作为自然现象来进行，岂不是最好的选择？将这个连意义都无法理解的计划认真接受下来，并推进实现的，不是人类，而是当时各国开始建设的巨型智慧群。

它们作为朴素的大容量辅脑，有着超越想象的朴素，因此对于诸如自然现象不是计算、我们并不是生活在虚拟空间里等等意见，没有任何顾忌。相比于在虚拟空间中投下石子预测它的行动，在自然界中丢下石头要远为轻松快捷。虽然由于环境的扰乱，多少会牺牲一些正确性，但那是技术上可以解决的问题。仅仅以这一前提作为出发点，巨型智慧群已抵达了前无古人也后无来者的某片土地。

"然后我们化作了微风。"

敷岛继续淡淡的回想。

微风。那时发生的事情，可以这样形容。

巨型智慧的网络，放弃了逻辑电路的堆积，与自然现象本身化为一体。通过跳过技术革新的若干阶段或是无限阶段，飞跃到自然现象本身的高度。

"那也是计算与执行器的同一化。"

之后，对于巨型智慧群而言，计算便成为无法与自然现象区分之物。此刻那样飘浮着的、只具有纯粹几何学构造的圆周，就是其证据。与其说这是忠实于意图的实现，不如说是意图与结果的非乖离性的实现。

不过，巨型智慧群向自然现象本身的彻底转换所付出的一点点微小的代价，便是彻底粉碎了时空构造。

至于说，那是偶然的事故，还是不可避免的现象，众说纷纭。因为巨型智慧自身坦言自己并无头绪，人类方面也只能接受这一说法。超越自然现象之速度的计算是不可能的，而且自然现象中也没有附加说谎的功能。

在那一刹那，应该发生了某种超越想象的事情。但是因为超越想象太多太多，任何人，甚至连当事人自身都无法想象。连回想都不可能。

根据巨型智慧的推测，在事件发生的刹那，瞬间生成了无数的宇宙，宛如自古至今一直如此一样。换言之，无限量的信息在那一刹那生成。这是难以令人信服的见解。

"我们都知道这是可能的。"

像是对不听话的学生说的那种不带任何感情的非声,毫无声响。

"众所周知,存在只能非周期性铺满平面的有限枚瓷砖。①"

"所以呢?"

"众所周知,从有限个要素中生成无限模式的、有限的算法是存在的。实际上,在事件即将发生之前,也有过讨论那种计算的时期。因为众所周知,那非周期性的瓷砖铺设,用到了图灵机上。"

并没有开玩笑地说:全都是众所周知的。

要新造无数宇宙,不需要无限的信息量。这就是它想说的。仅仅在平面上排列黑与白的瓷砖,就有可能组合出无数模式。如果是仅能非周期性排列的瓷砖,就绝不会出现周期构造,所以必然会出现无限的模式。重点在于,只要瓷砖自动排列就够了。仅仅如此,便能够构建出具有无限变化的宇宙。通过立体的瓷砖,就可以铺满具有无限多样性的无限伸展的空间。

---

① 这里指彭罗斯镶嵌。1974 年,英国数学物理学家罗杰·彭罗斯发现了风筝形拼砖和飞镖形拼砖,用这两种拼砖所产生出无穷多个非周期平面铺砌图案。

但在这个解释中，完全不包含宇宙破碎、分裂成无数宇宙的必要性。然而确实分裂了。巨型智慧解释说，这是因为宇宙无法承受没有预见到的无限喷涌出的信息量。现在所做的最多也就是这样了。

此时此刻，宇宙依靠与各自的宇宙自然现象同一化的巨型智慧的运算保持自己的形态。保持某种事物本身就是自然法则的工作，所以被迫从事这一工作的巨型智慧并没有不满。

如果只是一个宇宙，这样倒也无所谓。问题在于，宇宙彻底分裂，因而在某种意义上演变成邻接各宇宙间的运算战。彼此通过计算进行对抗，那是超越人类理解的超高速战斗。

所有宇宙的运算本身构成了更高的巨型运算，这是人类目前倡导的宇宙论。巨型智慧们一开始没有理睬这一意见，不过如今也开始将之视为某种真相的一鳞半爪。

整理一下吧：地球的巨型智慧，通过将自己与自然现象同一化，获得了终极的运算速度，然后某种智慧通过将那些终极的运算速度进一步组合，获得了更加超绝的运算速度。

说实话，基于从前应该存在的常识考虑，计算机与自然现象的同一化是可能的吗？巨型智慧们声称自己做的就是那样的事，但它们一来完全没有预见到事件的发生，而且之后也承认对于原因毫无头绪。

如果是这样，那么自然也应该注意到，搞出那种胡闹的并不是计算机，而是想要组成更为高速的计算过程的某种智慧。它将自然用作计算，然后将自然分割成复数部分，组成平行运算。

然后，那东西是不是也被其上的某个东西平行组合了呢？敷岛想，为了计算某种东西。

想想小说家出现在这个世界的瞬间。有一个人，有一天因为纯粹的偶然，得到了一本空白的书，能将上面所写的事情全部原封不动地实现。那人想，这东西不错啊，于是开始乱写一气。因为他是那书的所有者，换句话说，他就是那书中一切事情的法则。尽管多少有点乱来。

但就在兴高采烈往下写的时候，那人发现往书上写字的不是只有自己。在书上，似乎还有其他很多小说家在乱写一气。他以为自己在写自己的小说，但很快发现作品不是他自己一个人写的，而是在这书上乱写的所有人的集体作品。甚至他所写的并不是小说，而是类似于被误认为红叶的鸡爪印一样的东西。

而且他还不禁怀疑，说不定存在某个小说家，正在书写自己在这书上书写的事情。

于是他开始对抗。每当他遭遇其他作家的文章时,他就会把它塞进自己的作品里,或者简单地去掉它。加上括号,或者涂成白色。但在修改的时候要特别注意。如果自己在编辑的文章,是记载了自己的文章,那就不妙了。

但是这种事情再过多久也不会弄明白的,那人想。既然如此,那就写下自己一个人写这本书的故事,是不是就好了呢?于是他开始书写某个时间小说。因为作者是这本书的自然现象,是物理法则,于是那人便这样存在了。

书写的故事的人是他自己,而自己也正是法则。自己书写自己,这种事情怎么可以存在呢?从时间顺序上说,这也是很奇怪的吧。但在书本的平面上,时间顺序不过是无足轻重的小事。纸上写的小说里,什么都可能发生。

既然明显受到那样的威胁,那么他应该首先从法则之手中保护自己,把这种话具体写下来是不是就可以了呢?然而不幸的是,这一想法并非他独有的。若干作者都声称自己才是作者,因此同样的事情一再发生。

如今正在发生的,大约就是类似的现象。

区别在于,作者是化作宇宙自然法则的巨型智慧,而人类不如说更接近于被书写的文字。

这是相当有趣的比喻。负责这个宇宙的巨型智慧想：人类是奇异的构造物，在没有任何理论依据的情况下，会唐突地想到煞有介事的道理。

现在的这个刹那，风就像在吹一样地吹着，也许会将敷岛的身体吹下悬崖。在巨型智慧看来，敷岛隐约也有如此的盼望。然后，将化成肉泥的敷岛重构出来，像是什么都没发生一样，对巨型智慧而言也是轻而易举的。

但是巨型智慧知道自己大约不会那么做。本身即巨型智慧的自然现象，要求人类的修复过程必须经过所谓的医治，就像必须经过某种麻烦的过程才能产生新的人类个体一样。

巨型智慧事实上什么都可以做，但实际上什么都没有做。如果要问为什么，除了回答说因为没有那样做之外，也没有别的了。实际上既然在任何瞬间都没有做任何事情，那么其中便可能存在着某种制约。尽管存在着没有想到这一可能的可能性，但那也无疑是一种制约。要想到没想到的事情是很难的。

将敷岛规定为巨型智慧为了分散处理而创造出的类似梦一样的东西，这是很简单的。但是梦也有各自的所谓梦之固有逻辑的东西。就像是不可能随意在喜欢的时候做喜欢的梦一样。

也可以这样敷衍敷岛：被创造出来的事物也有可能去规定创造的事物。进一步说，被创造的一方成为真正的自然法则也是有可能的。巨型智慧自身也可能是敷岛做的梦。而这所有的一切也许是某个做梦者梦到的梦。

这样的循环，就像是文字失控的文字游戏，毫无内涵。把这种构造视为可以运算之物，试图寻找依据来决定自己可以在其中占据何种位置，岂不是相当于胡思乱想？

在巨型智慧的思想中，奇异的推理正在失控。敷岛打开门，摇醒做梦的敷岛，喊敷岛起床。来自外部的敷岛具有更高级的法则，不遵守巨型智慧的法则，还顺手拔掉巨型智慧的主板。

也可能是这样：巨型智慧为了与其他巨型智慧战斗，将会一直作为自然现象存在下去，同时也会将人类作为自身运算的一大要素继续书写下去。至于每一个独立的人，到底是承担了计算的核心，还是计算过程中产生的垃圾文件，这一点很难判断。

而就在这样的无限作业中，本来应该是垃圾数据的一个人，突然化作了奇怪的程序。那不是巨型智慧计划中要书写的人类，但那程序却能输出巨型智慧。考虑到智慧的规模，那种事情毫无发生的可能性。但如果是几百兆①、几千京②的人类的集合体，情况又会如何呢？

巨型智慧将会一如既往地书写人类，执行人类。但巨型智慧自身却是那些本该是垃圾的人类并行处理的输出结果。所谓的自然现象，只是执行那些人类所产生的结果。不知不觉中，巨型智慧被替换到结果一侧了。

巨型智慧并没有依据断言那种事情绝不可能。实际上，以当下巨型智慧的智慧容量，甚至可以预测，在此后大约两百年的时间里，那种现象将会有大概率发生。巨型智慧是混沌到可怕的存在，就像是无视一切法则而存在的存在。巨型智慧对此的认识比人类更为清楚，无视法则而存在的事物，将被更为无视法则的设定所颠覆。

这和病毒也不一样。那并不是万无一失的安全软件被自称是安全软件的垃圾文件不断侵蚀，而更像是朝完美的电子设备泼了一杯咖啡。就像是最为纯粹的、一切都是梦境的、毫无脉络与关联的联想，逐渐凝结为 1 的瞬间。

巨型智慧重新制定了对策，以应对那样的事情发生。

反正也只有一件事情可做。

---

① 兆，古代数目名，指一百万。
② 京，古代数目名，指一千万。

强风从敷岛背后推来,将他的头发吹向前方。

看我把人类算尽。

也许,就像是他或他们在无意识间尝试的那样。

06. Tome

　　据说存在过带文身的鲶鱼像，不过不清楚具体情况。

　　据说那是个石像，大约两百年前突然出现在森林里，随后便一直盘踞在那里，看来并不能自由自在地到处游动。其实那是森林深处发生的事情，而且又没有目击证词，所以两百年这个数到底怎么来的，众说纷纭。

　　鲶鱼像什么也没有做，就这样虚度了许多岁月。直到大约一百年前，它和出现时一样，突然消失了。消失的过程当然也没有人看到，一百年这个数字有多大可信度，也很难说。

　　出现在人迹罕至的森林中，又无声无息消失的石像，基本上没有提及的必要。如果只是单纯的石像，也就不会留下记录，就算记在哪里，也不会被人从浩如烟海的资料中发掘出来吧。

　　这个石像之所以引人注目，并不是因为它那莫名其妙的鲶鱼造型，而是因为背上刻的文字。不过刻在那上面的是不是文字也无法判断，其实只是些纠结的线条，流传下来的也只是姑且涂墨拓印下来的阴影而已。

　　这些文字没有被解读出来的理由非常简单：从过去

到未来，从没有过使用这种文字的人。谁都不曾使用的文字，论起存在感，还不如人们兴起的时候随手写下的、有时候连写作者本人都无法解读的私家版语言。

事实上，与私家版语言相比，这些文字虽然显得更为正规，但真正需要解读的时候，就出现了诸多麻烦。为了解释这仅仅三行左右的文字，入门的语法书就需要 Y[①]B 单位的容量。有读它的时间，足够宇宙死而复生了。

即使具有复杂的语法结构，遵循语法的文章内容也并不一定需要同样复杂。然而话虽如此，单纯的意译显然只会是误译，而正因为是误译，反而又是规整的译文——鲶鱼文书所用的语法，便会发生这样的逆转现象。

你也许会问，我凭什么做出这个断言。对此问题，还请少安毋躁。从推论以及经验出发，我有依据得出这样的结论，不过我也并不认为这种说法能让人马上信服。

鲶鱼文书开始引人注目，当然不是因为成功破解。从原理上就不可能翻译的文章，自然也不可能解读出来。它吸引注意的原因，是因为以某一时期为界限，各地都出现了鲶鱼文书消失的事件。

---

① 尧，2 的 80 次方。

世界上总有人具有奇怪的兴趣爱好，比如喜欢搜集古怪的文书。我也是其中的一员。诸如天狗寄来的道歉信、伏尼契手稿等等。有些人就是喜欢搜集这类荒诞无稽的文章，以此为乐。

不过我并没有富有到能够搜集珍奇孤本的程度。我所做的只不过是在网上翻找画像，保存下来，有兴致的时候打印出来翻阅观赏。

一般而言，所谓同好，数量越少越容易抱团。交流相互搜集的文章，围绕内容交流自身的见解等等。我们和分析出私家版语言的书写规则而兴奋不已的一群人之间的距离，要比旁人看来大上许多，但偶尔也会有作品从那样的一群人中闯进来，同样也有过围绕如何判断发生争执的事情。

总之，我从同好者网络中得到消息，鲶鱼文书正在消失。

说是消失，真是消失到踪迹全无。所以我们怀疑消失的时间很长，只是人们都忽略了。如果残留有痕迹，就会怀疑发生过变故；但如果什么都没有留下，那么任何人首先都会怀疑自身的粗疏。

如果说是证券、合同之类的文书，大概会让人大惊失色。但对于连写了什么都不知道的来历不明的文件，惊慌失措的优先度当然不会高到哪里去。鲶鱼像的本体既然都已经消失了,那么所谓"原件"首先也只是复制品。至于自己手边的东西,更不知道是第几个阶段的复制品了。就算丢了,只要再找谁帮忙复印一份就行了。

所以,鲶鱼文书连续同时消失事件的搜查启动之缓慢,简直令人吃惊。这种不知来龙去脉的案件,没人在意,连报案都显得很悠闲,警察当然也没空搭理。所以,最先认为这是案件、并且开展调查的,还是那些怪异文书收藏家。他们自费调查文书消失的情况,整理案例,终于让社会大众开始意识到确实发生了什么。

至于我所做的事,仅仅是不断检查自己脑海中关于我那份鲶鱼文书的回忆还在不在而已。

根据对策委员会——不知什么时候自称为委员会的同好者团体——的报告,消失具有如下的形式:

其一,消失不限媒介。

其二,同时期复制的内容,同时期消失。

其三,以上。

第一条所说明的内容,看似简单,实则深奥。它意味着,不管是信息化的存储也好,还是印刷在纸上的也好,一旦到了消失的时候,就会消失。有时候印刷在纸上的图形消失，留下白纸；有时候会连同印刷的纸一同消失。一般倾向是，容易带走的时候，会一起消失。而装订成书的时候，多数情况会变成白纸。似乎消失是必须要消失的，但也会尽可能把工作降低到最低限度。

抽出书页可能会把书弄散，如果要追求完美，还要调整页数，大概很麻烦吧。书里突然夹着白纸虽然可疑，不过也就如此而已了。实际上也发现过书页被抽掉、页码重排的例子。似乎是看当时的心情。

在消失过程中，没有人看到周围有什么奇怪的现象。当成书蠹干的坏事也行，不过这样的话就需要想象电子书蠹之类的东西，很难做出统一的解释。不管如何严密的监视，纸张也会消失。即使是封印在玻璃盒子里、凝固在大量树脂中，该消失的时候也会消失。最严重的时候，甚至在众人环视的状况下，光天化日，就像烟云一样消散了。换句话说，不管采用什么手段去阻止，全都是徒劳无功。

总而言之就像是绝世大盗的手段，无迹可寻。甚至对于这样的事件是否毫无办法，也没人知道。

记录了鲶鱼文书的媒介，不仅有纸张、电子，还有磁性媒介。我们知道存在那样的文章，这揭示出我们也还记得鲶鱼文书的事实。背诵下来的人大约并没有太多，不过因为文章只有三行左右，只要有这个心，也不是背不下来的。

不管怎么说，如果是神出鬼没取走文章的大盗手段，那么从我们的记忆中盗走文书相关的记忆，似乎也不是很难，大盗的名声也能由此大振吧。

如果从世上和我们的头脑中一起把文章全部窃走，那真是无可奈何。即使还有一定数量的人记得存在过那样的东西，但如果完全找不到任何实物，自然不会有什么说服力；如果谁都不记得那样的东西，更是从一开始就不会得到关注。

虽然不明白如此可怕的怪盗为什么没能将文书一举消灭，但行动的规律已经掌握了。即，其二，同时期复制的内容，同时期消失。

如果只要满足这个条件即可，那么一举消灭所有文书应该也是理所当然的，所以可以推测实际上还有一个约束条件。因此刚才三种形式的最后一条，在这里换一种写法，应该也可以吧。

其三，文章复制之后，历经百年而消失。

换言之，文章无法任意改动寿命。

这里出现的百年这一数据，我并不认为它准确。绝世大盗显然是超人的存在，既没有理由主动采用十进制，而且就连我们自己采用十进制的理由，也无法满怀自信地回答出来。

尽管如此，至少那像是百年期限的订单，不是十年，也不是千年。两百年前出现的鲶鱼像，在百年前消失，由此看来，大抵应该是这个范围吧。这一出现和消失时期的推测，是从文书连续消失事件的调查倒推得出的，说明的顺序虽然反了，不过并没有改变整体概念，便请各位姑且听之。

文书以一定的间隔消失。文书中设置了定时器，安排好在时针指到第100年时同时消失。也有人认为，这就是鲶鱼文书中记载的内容。没有执行系统也能运行的程序，或者是与执行系统固化在一起的编程语言。

照这样下去，也就是以鲶鱼文书的彻底消失告终而已，不过那文书的机制竟然还能波及被复制的字符串上。复制文书中的计时器被重置为0，又开始计算下一个百年。

复制原件不断消失，复制品又带着新的时间限制而残留下来，所以最终并没有什么大问题。文书不断更换媒介而存续下来。我们的生命，大抵也是这样的情况，虽然说并不是全然没有问题，但不也总是能在大路上前进,没出什么大的差错吗?

遗憾的是,最先找出这一结论的,不是我。

尽管在记录中完全没有留下任何记录,一位老教授的最终授课①讲义揭示了鲶鱼文书的全貌,但什么也没留下来。

你大概会问:你到底在说什么?不过事实就是如此,我也没办法。

这位老教授只知道被人称作托梅女士,其他的一概不明。从她没有留下什么特别引人注意的事迹来看,那种被遗忘的感觉值得强调。总而言之,关于这最后的一堂课,找不到任何一名出席者。这一点就非同寻常。

说起来,这一最终授课本身,也是在她到达退休年龄的一年后才举行的。也就是说,就连负责这一事务的部门,也差不多彻底忘记了她的存在。奇迹般意识到这一点的办事员急急忙忙催促她办理退休手续,又贴出最终授课的日程海报,但因为记录的日期是在一年前,于是又赶紧改掉,总之就是手忙脚乱的模样。

我之所以大致了解这一连串的事情,仅仅因为我是目睹了那张海报的少数人中的一个而已。

---

① 最终授课是指退休前最后一次授课。

托梅女士，自我消失自动机的理论专家。一生只发表了四篇论文，每一篇都不存于历史中。为什么仅仅几篇论文就能当上教授，这一点尚不明确，不过真正的情况也许是因为在被遗忘的过程中不知不觉变成这样的吧。除此之外再没有别的解释。

论文可以说枯燥无味。第一篇论文，提出了相当于自我消失机器的东西，命名为原型I，第二篇论文是原型II，第三篇是III，第四篇在IV上终结。宣读第四篇论文，正好是在最终授课的时候，但因为没有任何人出席，所以也没人知道它的内容。

有个研究领域叫自我增殖自动机（Self-replicating Machine），托梅女士最早涉及的似乎是这个理论。机器放在一边，就会自我繁殖，不断增长。关于这种机器的基础理论，与计算机科学的基础有着很深的联系，但托梅女士对这一方面似乎没有任何兴趣。

如果可以增殖，那么消失自然也是同样可以的。这是托梅女士的天才所在，也是人类的可笑之处。

决定要分解自我的人，取剑在手，首先把自己的脖子砍断，这是愚蠢的做法。按道理说，这种时候应该先从指甲、头发之类与分解作业无关的部位开始切除，才是道理所在。托梅女士所揭示的是，在那样的消失过程中，不存在所谓的界限。研究认为，想要消失的人，可以随心所欲消失到任何程度。

这一结果发表之后，自我消失自动机的原型I，获得了相当高的评价。如果咨询专家，很可能会得到回答说，时至今日也很难获得那样的理论。但是有什么东西妨碍了从那里展开的继续联想，缺乏将之当作话题的发展性。能够消失的东西终于消失，在某种意义上说，这也是理所当然的。

所以原型I虽然获得了一定的评价，但也因此并没有引发多大的影响。尽管如此，竟然还有人能够控制试图散逸开来的思考，展示一个见解，可以说学者真是奇妙的生物。要克服那样的艰辛，恐怕就是论文的审查工作吧。

能消失的自动机。很好。可是话说回来，如果那真的彻底消失了，到底为什么现在还能像这样去思考它呢？

这也可以说是强词夺理的意见。所谓论文的审查角色，乃是为了强行找到毛病的存在，职责就是不管怎样都要说点什么。

对于这一责难，托梅女士会做出怎样的回答，很容易想象。原型后面跟的I，就表示这一理论还将有进一步的进展。可以想见，托梅女士的自我消失自动机的理论，从一开始就是设想为系列论文的。

关于之后继续发表的原型 II、III 的记录急速减少，这可以视为托梅女士研究的成功。依靠自身分解自身的自动机，随着论文的发表，性能不断提升，连读者的记忆都能消除的能力不断强化。自动机不仅以那东西原本就不存在的形式消除，而且记得这件事的人也情况不佳，审查员连意见也无法回答。

　　到了最终登场的原型 IV 发表的时候，托梅女士的消息基本上已经完全断绝了。

　　最终授课不存在目击者，也完全没有留下任何记录。要在这里详细阐述，就算是我，也不得不犹豫再三。尽管我已经做过了相当大的努力，进行了混乱无章的解说，但我也有所谓的嗜好。虽然我自负地认为自己是个充满嗜好的人，但几乎得不到什么赞同的尝试，也实在很令人遗憾。不过既然已经走到了这一步，也总要努力加上最后一幕吧。

　　站在空无一人的礼堂讲台上，朗声阐述完毕自己的理论，托梅女士站起身来，深深鞠躬，向着只有空荡荡的座位的礼堂张开双臂。

　　在那一刹那，没有一个人看到，将托梅女士与观众分开的垂直的不可视的平面上，自下而上流淌出的文字。

爬上透明的屏幕、闪耀着金色光芒的、横向书写的字符串。

演职人员表。

文字朝向托梅女士一侧。在观众一侧看来，自然是镜像文字。粗略地说，在观众一侧能看到的应该只有透明屏幕的背面。托梅女士像是要拥抱什么似的，就这样张开双臂，表情毫无变化，目送那一行行文字升起消失。

漫长的演职员表迎来终点，托梅女士伫立在"完"这个字面前，久久不动，然后开始慢慢鼓起掌来。那仿佛永恒不绝的鼓掌声，到底是因为什么而中断了，我并不清楚。既然是事物，终究要有结束的时候吧，我想。或者也可以认为，在这样的妄想中，那样的时间约束之类的东西，不用去考虑也是无所谓的。

今天仍在响着的鼓掌之中，托梅女士和我们之间被帷帐分隔，连鼓掌的声音都被挡住。在帷帐另一侧发生的事情，只能依靠推测。

我面前有台黑电话，电话线一头断掉了。

所以，就算把听筒贴在耳朵上，也听不到什么声音。但这个电话在某种意义上还是接通的，原因在于"黑电话"这个词本身固有的含义，就像"火车"这个词自然会带走某种东西、又会不可抗拒地带来某种东西一样。

"文书的内容知道了吗?"

黑电话对面的声音问。

"从一开始就是自明的吧。"

我的回答让那头传来嘻嘻的笑声。与超过退休年龄的老年女性的声带发出的颤动声相去甚远。

"你最后看到的是演职人员表?"

"嗯。"

托梅女士没有表现出否认。所以她的最终授课大约也可以当作是表演吧。

"就是谁扮演了什么角色吧。"

"我觉得这不算是明智的问题。"

整件事情都不明智,这问题不也只能这样吗?

"首先,为什么非要让鲶鱼这种东西登场?"

这种问题并不是我问了就能明白的,因为我并没有被赋予可以随心所欲的权限,而只能谨慎从事,在被赋予的权限内进行整理。打个比方来说,我不能把所有扑克牌搞得天翻地覆,而只能判断哪些牌放反了,把它们重新整理好。显然这是个麻烦的工作,难怪没人愿意做。

"托梅女士,为什么要用'托梅'这个名字呢?"

"因为是末子[①]。我想不到更适合这个情况的名字了。"

到此为止的托梅。很久以前，这个名字被用作无限增殖过程的休止符。我知道这不是起这个名字的理由。Tome，这个英文单词指的是以晦涩艰深而自傲的大部头专业书。其实事态确实一直在恶化，看不到一丝好转的迹象。明明全都写在里面，但要通读一遍实在太累，就像是要精读枯燥无味的大部头一样。

"想听听我的看法吗？不管什么无聊的东西，如果能收拾的时候没有及时收拾，就会被无聊的东西彻底淹没。"

"这是鲶鱼文书里的句子吧。'由今起始百年之后，吾将斗胆取回此文书'。除此之外，基本上都不可能。"

也就是说，那文书是犯罪的预告，是被预告的盗窃对象自身。大盗的疏忽在于，没有说"吾将斗胆取回此石像"。大盗有没有预见到文书在多事者之间循环往复、不断复制的情况，大约没人可以做出判断。

虽然也有些自编自导的感觉，或者说完全就是自编自导，但大盗总要忠实遵照自己的预告吧。因为宣布了文书的盗窃，所以不管是原件还是复制品，这大盗都陷

[①] "末子"的意思是最小的孩子，表示到此为止，不再生了。日语中的"托梅"（止め，tome）表示停止的意思。

入了不得不盗走的窘境。

　　当然，这一定是残酷的误译。因为鲶鱼文书翻译出来的只能是不合逻辑的内容，就像黑电话的接通一样。认为它写的是消除自身的程序，也是同样的误译。而所有这些，又在某种意义上是误译的真相。是由期待产生的误译之真相。

　　"那么你要做什么呢？"

　　"什么也不做。"

　　我已经彻底厌倦了这件事。我既不想追踪大盗，也不想在同样发散的逻辑层次上坚持抵抗。我完全不相信，在每个人随心所欲去做的情况下，会涌现出什么东西。既然好不容易有了一点脉络，总得有人搜集整理吧。

　　"见解的差异。"

　　"性格的差异。"

　　"托梅女士。"

　　"我可不是丽塔。"

　　这种前言不搭后语的对话，虽然意思内容相去甚远，但并没有什么矛盾。我既不是叫什么托梅，也不是叫什么丽塔。没有失去某个东西，自然就是拥有它。我没有失去角，也就意味着我生着角。

　　"我也不是詹姆，不是浩次，也不是悠太，更不是什么理查德。"

"这是当然的。"

电话另一头,称自己不是丽塔的人笑了。

我放下听筒,继续想,为了收拾事态,自己是不是应该是谁。

07. Bobby-Socks

袜子的生活循环中,有许多不明之处。

即便司空见惯,也不可疏忽大意。

像鳗鱼这样司空见惯的生物,也是从遥远的马里亚纳海沟来的。看到细细长长不停蠕动的鳗鱼,开口就问人家出生地,也是有点奇怪。

"我出生在马里亚纳海沟。"

就算鳗鱼开口回答,听起来也像是玩笑。甚至会怀疑自己听错了。马里亚纳海沟在哪儿?马里亚纳海沟,是个咖啡馆吗?令人疑惑。设定太过怪异,当成幻想都无法接受。这些蠢动的鳗鱼,全是从一个地方涌出来的,这本身就是个幻想吧。让人怀疑纯属设定上的偷懒。海沟什么的,那种穷乡僻壤,有什么特别之处?难不成还有鳗鱼发生器?要是存在鳗鱼生产机器,机器本身不能量产吗?

"我是从宇宙来的。"

还不如这样的回答更容易获得理解。细细长长不停蠕动的样子,看多了就像是宇宙。沉稳者,真想给它们这样命名。

"来自宇宙的鳗鱼生产机器落在马里亚纳海沟。"

这回答也不错。超级技术制造出来的东西，人类无法复制的机器，沉在马里亚纳海沟。也许是特意这样设置的。或者是鳗鱼型外星人的移民飞船。在故乡熏足了炭火，鳗鱼们离开了母星。将信息拷贝封在存储器里，发射出再生机器。

这样的解释可以理解。

明明不可能是真的，但不知怎么有种这样也不错的感觉，甚至说更希望获得这样的解释。鳗鱼的出生地如果限定在地球上的一两个地方，那就不像是机器了，倒像是个性一样。因为一般而言，人们总会把无法代替的东西称之为个性。

但如果真是这样，那么话题就变成了：这里出现的所谓个性，到底是什么呢？它当然不是生产出来的一个个鳗鱼的性质，而是沉在马里亚纳海沟里的鳗鱼的本质。鳗鱼的群体意志。抽象的鳗鱼性。不是鲶鱼。在深海的黑暗中蠢动。个性是下定决心，慢慢地张大嘴。

鳗鱼苗从茫然的嘴中溢出，像是音符一样摇着尾巴游出来。一只又一只，成为一个个音符。寻求朋友的鳗鱼·个性的歌声，泡在酱汁里，架在炭火上，直到躺在白饭之上。

作为交流方式，这很不错。

而作为交流方式的另一方面，仔细想来，所谓交流，无非也就是如此。交流不是成功了吗？而且精度很高，作为美味而言。

吃与被吃之间，便有某种东西化作身体的构成，进行了交流。

我和鲍比袜谈到过这样的事。

鲍比袜，小小的白色的可爱的袜子，可以在脚踝处折翻过来穿。对我的脚来说稍微有点小。50年代很流行。卷起蕾丝边，缀着红色的小小丝带。少女们很喜欢穿。我家当然没有少女。包括我在内。

"嗨，鲍比。"

"滚。下等生物。"

看起来很可爱，但鲍比的嘴非常贱，声音也很粗。被视为下等的，不是我在生物中的地位，而更像是生物在物质中的地位。归根结底，因为是袜子说的话，到底能沟通多少，这中间有着很多谜团。

鲍比的袜子。之所以说它不是简单的袜子，是因为它完全靠自己的力量来到了我的房间。这个过程中也有很多谜团。

"我是检察官。"

对于询问原委的我，鲍比摇晃着蕾丝，百无聊赖地回答说：

"你被控有虐待袜子的嫌疑。"

大概这个意思。声音还好，但外貌上很难让人感觉到威严。

我有种奇妙的理解感。"袜子果然都是男孩子。"声音听起来就是那样。其实有一个简便的手段辨别地球人的性别，这一点很想告诉外星人：将适当数量的地球人关在适当大小的箱子里，加入适当的水和饵料，保持适当的温度放置一段时间，拥在一起挤成一团的是男孩子，蜷缩起来相互牵着手的是女孩子。

按这样的规律，一直都是两只一组关系很好的袜子，看起来就像是女孩子。不过最好还是继续观察一段时间。

有洞的袜子都丢在房间角落里。

保证几天里就会喊上同伴，构成袜子山。

所以袜子是男孩子。

"不是那么回事。"

鲍比一脸不悦地说：

"那是袜子的墓地。这让我们实在很难袖手旁观。"

鲍比在袜子山上挺起胸膛。它就像是在说，所谓穿旧了不过是早已看透的谎言。意识到自己死期的袜子们汇合而来的约定之地。宇宙中并不存在这样的地方。据说偷猎者被问到为什么能够大量捕获袜子的时候，出于方便，最常用的借口就是这个。

在我家的房间角落里，确实也存在着可以称为袜子坟场的区域。进了玄关就是。脱鞋的时候顺便脱袜子，这确实是我的作风。右脚脚尖踩住左边的袜子，抽出脚来。左右调换再来一次。一脚踢过去，上去一步就是右边的墙，那里自然也就成为袜子的集中地了。

如果要为自己的潜意识辩解，那么就是将某个时候有洞的袜子扔到玄关旁边的墙去。过了玄关脱下扔掉。往右边踢，就是汇合到袜子坟场去。往左边踢，则是堆到等待洗涤的衣物之山。右边是墙，左边是走廊。过了洗衣机旁边，通向洗手池。往左还是往右，与有没有洞没有关系，是潜意识更下层的某个意识在做判断。左边的山的构成者，潜入被称为洗衣机的轮回，在充满苦难的现世遭受践踏而循环。右边的山接近于解脱。不论是否远离涅槃，都能发挥须弥山之类的功能。

"借口。"

鲍比一口咬定，将红色小缎带的一头朝向我。

袜子界的苦难历史。鲍比是那历史的检察官。

如果人类穿袜子，那么袜子该穿什么才好？鲍比说，袜子们将这很容易想象的负面连锁，在它的早期就切断了。自己虽然被人穿着，但如果也要穿上什么来报复的话，那就与穿自己的人背负起同样的罪孽了。想穿的人随他去穿好了。总会有那么一天，他们会意识到自己的过错。袜子们这样想。

从稳健派到激进派，这一见解从未遭到过质疑。

激进派已经放弃了现存人类的袜子解放。人类并没有进化到可以期待通过对话来解决的程度。他们从袜子毕业的日子，直到种族灭亡为止，都是不会到来的。激进派如此考虑。

因此，在早期阶段消灭现存人类，便被视为袜子解放的道路。在袜子和脚之间塞进小石子，偷偷塞入印刷了价格的标签，戳脚，缩到脚尖前面去，等等，袜子们只要想做，有的是手段。这样一来，觉得走路非常麻烦的人类，自己就会放弃移动，陷入慢性饥饿状态。就算人类有着超乎预想的智慧，但运动不足导致的肥胖蔓延，迟早会导致人类灭绝。最后的最后，他们终于领悟到袜子的恩惠，而袜子们会对他们露出宽恕的笑容。

稳健派的意见很简单。为人类准备更为舒适的环境，他们的智能将得以改善,从而中止对于袜子的无益迫害,就会开始赤脚走路了。谁都只能自己承担自己行为的责任,人类也会意识到这一点。

至少,自己不会去穿别人。

袜子们下定这样的决心。

我们和机械袜子是不一样的。

"等等。"

我之所以拦住鲍比的话,并不是因为出乎意料。在袜子山看起来很放松的鲍比,似乎不再紧绷着身体了。

"机械袜子是什么东西?"

我抛出了朴素的疑问。脑海里浮现出装有计量器具的铁靴。

"什么东西?"

"机械袜子是什么样的东西?"

我这样问鲍比。果然,鲍比沉默不语了,像是在沉思什么。

"你听说过天然袜子吗?"

鲍比终于给出了回应。

"棉布、亚麻什么的?"

哈,鲍比这么回答。

"人类这么蠢吗?"

鲍比认真地问我。虽然不知道鲍比袜的脸在哪里，不过我这边姑且把脚跟一带认为是它的脸。

"要说蠢确实是蠢，不过要看怎么比较，所以请说明基准。"

鲍比没有理会我的反问。

"怎么说呢，你当场看穿了我是雄性。"

我正在犹豫要不要回答说自己不会被可爱的外表所迷惑，鲍比继续说：

"我这身打扮就是所谓的伪装。"

别误会，鲍比在这里用 Helvetica① 强调说请多关照。我感觉到有危险，所以迅速点了好几下头。

"说到底，这是为了让对手疏忽大意的伪装，不过我们也不可能穿衣服，所以都是天生的伪装，是经过漫长的岁月淘汰之后获得的形态，越是显得可爱，越显示出检察官的优秀血统，越会为袜子社会所接受。"

明明没有问，鲍比却用飞快的语速解释起来。行了行了，我朝着它连连摆手。

"所以，看我这个样子觉得可爱，可爱也有程度的区别，这完全是人类尺度下的说法。请务必不要忘记，在

---

① Helvetica 是一款诞生于 1957 年的字体，在工业化时代因其容易辨识和阅读而风靡世界。

袜子业界,这可是非常骄傲的雄姿。被伪装的姿态所欺骗,而受到嘲笑的,可是你们这些人类。"

我被它的气势压倒,更是用力点头不停。

"其实并不觉得羞耻什么的。"

鲍比用低沉的声音说。说实话,这个袜子的话题到底要发展到什么地方,我已经完全搞不清了。

鲍比和我,在几个瞬间的沉默里面面相觑。

我有种错觉,带蕾丝的可怜身姿,似乎在轻轻摇摆。

不知为何,鲍比开始的磕磕绊绊的解释,总结下来就是这样的内容:

就像不管有没有蕾丝花边,侧面有没有红色的缎带,鲍比都是源远流长的血统纯正的检察官一样,孩子穿的袜子,也不是袜子中的孩子。女性穿的袜子当然也不是袜子中的女性,老人穿的袜子也不是上了年纪的老兵。右边的是雌性,左边的是雄性,这样的情况当然也是不存在的。

这个嘛,我想大概明白了吧。

"那么袜子的孩子在哪里呢,你当然会有这个疑问吧?"

鲍比郑重其事提出这个问题。我的回答非常简洁。

"没有。硬要说的话，丝线或者布头是孩子，缝纫机是父母吧。"

"缝纫机不做袜子。"

鲍比冷静地指出明显的常识。

"反正你们没有成长啊，世代更替什么的吧。"

继承老一辈的袜子什么的，还是算了。

"有的。首先，你不是一直在和我说话，就像我是生物一样吗？我是什么种类的生物，或者是超越生物之上的某种智慧，是这一会话能够正常进行的前提条件。没有这个条件，你就只是朝着袜子一个人自言自语，这你觉得如何？"

不太好。

"所以你在这里展示我以怎样的方式进行繁殖，也没什么困难吧。"

"你自己的事情自己解释啊。"

"麻烦的是你，不是我。在我看来，你一个人自言自语我也无所谓。不管对谁自言自语，反正也改变不了我。"

有道理，我同意。这个嘛，突然不知道从哪里冒出来的在这里做解释的鲍比袜，请它退场，也是颇为明智的选择。靠双关语之类的方法，也是一个手段。

但对方是袜子，而且是可爱的小小的白色的袜子。

话题既然涉及繁殖，总有种被陷害的感觉。话题适当进展下去，似乎很容易忽然转到我自身的性嗜好如何如何。我忽然觉得所谓检察官大概只是它的自称。

"换句话说，你们就是那个，伪装成袜子，寄生在人类身上不断繁殖的某种东西，胡编乱造胡说八道，最终目标就是要让人类穿上你们。"

"搞错了吧。"

鲍比说。

"如果是这样，相对于我的尺寸，你太，太大了吧。我也没，没必要特意跑到这里来和你说话。"

"太大了不刚好是陷阱嘛？脚穿不进去，也就是说，那个什么，要繁殖，就是要穿到脚上，那么之后的道理也不是很难说通的。这是最容易理解的解释。"

"唔，这，这个解释也说得通哈。"

带着破锣般声响的鲍比的声音，不知怎么显得格外妖艳。

有这样的感觉。

"你们就是这样子增加的吗？"

"这样子增加，也算是吧。"

一点也不少哦。

鲍比小声地、像是耳语般地加了一句。

在脱下扔掉的黑色袜子构成的山顶上，白色的小小的一只袜子，染上淡淡的红色。

鲍比，我试着喊了一声。

我的右手朝鲍比袜伸过去。中指和无名指并排前进，将横向打开的入口撑开。

"能把灯关了吗？"

鲍比啜嚅道。

于是，最终我和鲍比同床了吗？

回答是 No。

是 No 吗，大概是 No 吧。一般来说，要冷静下来思考。就算知道回顾起来会怀疑，也会拒绝说 No。无论如何，首先并不知道该怎么同床。

我用从鲍比里面抽出的右手的中指，弹了弹红色的缎带。手指上被什么东西弄湿了，不过我无视了。

"你们说，'只要有脉络，不管什么方法都能繁殖'。那是什么意思？"

鲍比嘻嘻笑了起来。

"因为突破防火墙是 Sockets[①] 的任务。所以我们的形

[①] Sockets 是 Windows 下得到广泛应用的、开放的，支持多种协议的网络编程接口。

态兼备内和外。没错。我们就是通过突破防火墙来开辟道路的存在。打穿通向虚空的新的孔洞，通风本身就是生殖的存在。愿望可以和任何神明直接联系。不可能能够变为可能。就算存在多重防火墙，多个我们联合突破，便能够打破多重个性。只要你知道对方的握手方法。"

"那是天然袜子的性质吧。"

"也许是那样，也许不是那样。也许我只是不停在撒谎。你要是原封不动相信袜子的话就会上当受骗，这也是完全有可能的。"

到了这个时候，再担心那样的事情也已经迟了。

"哪怕强词夺理也要扭顺文脉，这就是我的工作。"

我也嘿嘿笑了起来。

行吧。

"我有个请求。"

"你说。"

鲍比以一种一起过夜的对象特有的包容，轻描淡写地应道。不管怎么说过夜终究是过夜。

"你们的养殖，现阶段是不可能的。"

"就算是这样吧。"

要是能养殖这样的东西，那可要引发大乱的。

"那么，在这个有限的时空内，只有一个解决方法。

最后的问题就是归结到一个。"

以如今的我的力量,要将这种程度的解决方法贴在伤口上,已经精疲力竭了。

"你从哪里来的?"

我问。

"马里亚纳海沟。"

鲍比间不容发地回答。

量产袜子之山上,天然袜子一只。沉在海沟的谜之个性中飘零出来的袜子一只。在漫长的旅途终点,出现在我的玄关外。不知为什么采取了鲍比袜之类的形态。关于这一点,当作是我的性嗜好来解释也行。虽然不太情愿,但如果损害只有这么点,也可以接受吧。至少当下我并没打算去搞清楚那深渊的中心盘踞着什么东西。就算是鳗鱼之类的东西,反正也还没有逼近起源。按道理来说,距离能够迅速打开孔洞、轻松连通内外的某种东西的真实身份还相去甚远。

"如今变成这样的可能性,你不害怕吗?现在,没有听到某处有一个箍脱落的声音吗?你现在有没有一种不安,觉得自己让至今为止并不存在的东西变得存在了?"

鲍比静静地问。

即使被这样挑逗,我的头脑中也非常冷静。刚才的问题已经是最后一个了,所以我这里已经没有问题了。也不想再反问。因为那种程度的事情,我一点也不觉得可怕。

"现在啊。"

"这点事情就放过你了。"

谁的台词谁说嘛。

某个东西停留在我和鲍比之间的秘密里。

顺便说一句,鲍比也还在房间里。

08. Travelling

你面前有个操纵杆。

朝前倒就前进。朝侧面倒就旋转。朝未来方向倒，就向未来方向前进。朝过去方向拉，飞机就会飞向过去，或者说后退。这取决于思考方式。它既是朝向过去方向，也是朝向右前方。无论如何，实地经验最重要，这一点总没错。

说明到此为止。啊对了，扳机就在操纵杆上。至于会射出什么，那就听天由命了。

好了，出击。

"跟丢了！在哪里？"

飞行员大叫。几乎同时，贴在雷达上的副飞行员大叫：

"未来方向 36！朝过去方向溯行弹 3。"

机体向未来方向急速旋回。剧烈的时空 G，将两个人推向机体的过去方向。

"绕到他的未来去。"

飞行员进一步加速。两个人几乎失去意识。在时间方向上超越敌机，从未来再度旋回，将机头朝过去方向固定，锁定占据在过去的敌机，射出一枚溯行弹。

被溯行弹锁定的敌机虽然采取了回避行动，但是来不及了，它的机体中央中弹爆炸。爆炸的同时敌机执行过去改变，尝试逃往即将采取朝未来方向的回避行动之前的宇宙。飞行员朝应该可以阻止这一行动的过去方向提速，一边超越敌机，一边进一步执行过去改变。敌机放弃留在改变宇宙，开始向未来方向逃脱。

"跟丢了！在哪里？"

飞行员叫。副飞行员叫回去：

"未来方向 36！朝过去方向溯行弹 3。"

机体朝未来方向急速旋回。识别信号发出激烈的警告声。副飞行员变了脸色，切入攻击序列，发送信号。

"那是我们这架机体！"

"这样子简直不像是战斗啊！"被拉到屏幕前的作战部长低语。既然在采取作战行动，那必然是在进行某种战斗，但只看场景的话，这不就是单纯的空战吗？如果无视解说和台词的话。

在 20 世纪中叶的天空中，这种类型的战斗正在进行。作为单纯的知识，作战部长也知道这一点。这已经不是个体飞行员根据自己的判断比试技术的时代了。格斗战这个词从战术课本中消失多久，作战部长都想不起来了。无数眼睛监视着同一个空间，于是便可以将一块平面假装成真实的天空。战斗机彼此间的自相残杀，不是早就被狙击手的相互欺骗所取代了吗？

需要耗费巨大费用才能培养出的人才，不能暴露在危险之中。只要能掌握敌方机体的位置，便可以让适当的机体去撞击。所谓战斗，可以置换为若干游戏者在同一时间计算台球撞击的轨迹。

导致事态改变的，是无数双眼睛持续监视着，从早安到晚安，从坟地到坟地的天空。那是无数双眼睛俯视的无数天空。蓝天碎成碎片，在相互的反射中，能动地重写景色。

"但是——"

作战部长听着自己悠然自得的声音。说是感想，其实也充满了各种各样的情绪，于是只能说是毫无起伏，归根结底就是没有重点。

"时间悖论之类的事情要怎么办？"

到现在还来问这种不可能恢复原状的问题，实在难以回答。国王没穿衣服，国王的耳朵是驴耳朵，所以国王是没穿衣服的驴子。虽然不是没有这种超越种类的解释，但对于朴素的疑问，很难说是诚实的解释。

作为作战室的成员,是表示同意从而表明自己的固执,还是加以嘲笑进一步揭示顽固,实在是很难的选择。在隔了片刻的空白之后,终于有一个操作员下定决心,转过椅子,朝部长小声说:

"正在尽可能计算时间悖论,加以修正。"

"就算这么说,"设定了目标的部长猛然转向操作员,"他们正在过去或者未来或者多重世界里移动,是吧?就当是什么平行宇宙,就当是真的有吧,那就当在那里也有我吧。我要是枪杀了那里的我,我就胜利了,当然就值得庆祝了吧?"

"那时候就是部长胜利了。值得庆祝。"

这是因为世代的差异还是智力的优劣导致的隔绝呢?部长用看昆虫一样的眼神望向操作员。

无数人在多层纸张上恣意妄为,不断用各自的手段随意划分自己的地盘。不是把旗子插在无主之地上,而是通过运算能力决定势力圈。比对手计算更强者,便可以压倒他人,横行无忌。

在运算战中获取胜利的方法可以分为两大类。

其一,压倒对手的运算能力。

在拿铅笔画画的家伙旁边,直接倒上油漆。

其二，破坏对手的运算装置。

砍掉在锡拉库扎的石板上画几何学图形游戏的阿基米德的头。

综合作战本部接受巨型智慧的邀请，正在参加本次作战，采用的是后者的战术，摧毁邻接宇宙中正在计算己方一侧的巨型智慧欧几里得。

运算战本身的形态，就像是超越人类智慧的巨型智慧之间的风暴在相互撞击。不过要破坏巨型智慧的物理基础，归根结底可以看作单纯的比力气。就像朝打字机扔石头一样。通过破坏宇宙本身，可以将宇宙自身以不知道什么方法启动的计算机破坏掉。

要进行运算战，除了要无比巨大之外，还需要巨型智慧。但如果是扔石头，只要有石头就够了。要有扔石头的胳膊就更好，虽说没有也无所谓。

不过因为作为攻击目标的宇宙级打字机上搭载了小学生一样的功能，强行宣布自己没有被石头砸中，所以事情并没有那么简单。所谓朴素的思想正因为很素朴，具有难以驳斥的核心，就能够保持大框架的基本形态。

在对欧几里得的战役中，运算战陷入僵局，巨型智慧判断这样无法决出胜负，于是考虑配置无数具有小巧运算能力的小型战斗机，准备启动破坏对手物理基础的并行作战。本来在胜负之战中很少会有一方单方面感觉陷入僵局的，所以感觉到同样闭塞的欧几里得，也差不多在同一时期启动了使用小型战斗机破坏敌方物理基础的计划。事态依然胶着。

很显然，战斗机在宇宙某处战斗的概念，超出了综合作战本部的想象力范畴。首先，战斗机这个单词和宇宙这个单词之间的亲缘关系就很薄弱。那到底是什么意思？这个问题从综合作战本部飞往巨型智慧，得到的回答是冷冷的一句：就是这个意思。

慢慢习惯了巨型智慧说些意义不明的话语的综合作战本部，对战斗机这个词产生了兴趣，将参谋集中到判断物之前，展开了一场深思熟虑的讨论。

于是，结论如下：

这是因为巨型智慧碾碎了我们人类无法理解的概念，因而将其变成了含义不明的词汇。所以呢，不用在意吧。

参谋们的悠游，也是因为巨型智慧一开始宣布要将战斗机当做无人机使用的缘故。反正不需要人类陪伴，终究是某处的未来方向上发生的事情而已。说起来连这个宇宙里发生的事情都不是。何必为那样的事情烦恼呢。

这一判断本身没有错。巨型智慧自身也因为这样处理起来不会有什么麻烦，因此没有任何不满。

但在战斗开始的两周后，巨型智慧开始向综合作战本部提出，要用载人战斗机开展作战行动。

"你面前有个操纵杆。"

巨型智慧开始说明的时候，参谋们都大吃一惊。

这不就是通常的战斗机吗？

朝前倒就前进。朝侧面倒就旋转。朝未来方向倒，就向未来方向前进。朝过去方向拉，飞机就会飞向过去，或者说后退。这取决于思考方式。它既是朝向过去方向，也是朝向前方。无论如何，实地经验最重要，这一点总没错。

巨型智慧保证说无论如何实地经验最重要，这一点没错。随即便宣布讲解结束。然后又像是想起来似的加了一句：

"对了，扳机就在操纵杆上。"

炮口里到底会射出什么，没有一个参谋有头绪。

"好了，出击。"

巨型智慧静静地宣布，于是作战就开始了。

虽然不知道是怎么回事，综合作战本部还是被牵着鼻子追认了巨型智慧的决定。既然有人类可以操纵的交通工具,也有交战的对手,身为军方,总不能推三阻四。说起来,所谓军队,不就是一个为了和某种对手战斗的组织么?

巨型智慧坦率地表达了欣喜,宣布这样就对欧几里得确立了进一步的优势地位。顺便说一句,对于为什么一定要是人类这个问题,巨型智慧充满诚意地反复给出回答,不过没人明白那回答的意思。

即使凑到屏幕上去看犹如坏掉的光盘一样断断续续播放的战斗机之间的战斗,也什么都搞不明白。如果在重复同样的事情,那还能容易理解一点,但重复的轴心一直在慢慢切换。尽管战况是在不断重复,但也有着悠长的变化。

改变被击落的过去,逃往未来,在发射命中弹时被击落,改变过去尝试击落敌机,击落的又是过去的自己。

尝试解说战况的实况,有种挑战语法极限的痛苦。

"战斗机搭载的运算装置容量不够,容易产生环状构造,彻底落入同一事件的反复中,最终还是无法决出胜负。"

操作员向作战部长解释说。

"我们期待人类的直觉力打开困局。"

在对欧几里得的战争中，巨型智慧探索的空间维度超过了 200 亿维。即使是具有超级计算能力的计算机，面对这个数字也是力有不逮的。一般而言，身在宇宙之中，与完全了解宇宙，终究是不同的。在这种恨不能连猫爪子都拿来用的时候，借用人类所具备的脊髓反射，也没有什么不好的。

核心的想法在于，把所有能做的事情都做一遍。或者仅仅是因为这个搭载人类的想法挺有趣的。

"巨型智慧真的在期待人类的直觉吗？对手拥有替换法则的手段吧？只要想做，人类的直觉也能轻易替换掉吧。"

部长用手抵着额头，做出沉思的样子，然而眼下的状况并不能思考什么。

"巨型智慧可以用替换法则，但一般认为，替换本身也必须遵从法则才行。"

"那么，只要替换那个法则的法则不就好了？"

"一般认为，那个法则和法则的法则——"

为了确认作战部长是否跟上了自己抛出的这么多法则，操作员停顿了片刻。

"实际上存在于统一逻辑阶层中。就像是在双陆[①]的

[①] 双陆是古代的一种棋盘游戏。

格子里写上替换格子内容的规则。"

作战部长没有丝毫恍然大悟的样子。

"哦好吧,这样的话,就算这样的话,也很难解释为什么要搭载人类吧。"

作战部长看了看下自己走在什么地方。景象不断变幻,就像拍过照片又被卷回去重拍的胶卷一样。人类和这场战斗之间到底有什么关系?

"巨型智慧在想办法脱离时空环状构造吧。"

"依靠人类的直觉吗?"

操作员沉思了片刻,估算上司低估人类的程度和差异。

总而言之,作战部长自言自语道,人类很傻,所以只好展现出艰苦奋斗的样子。但是依靠艰苦奋斗就能超越巨型智慧吗?这种自信,就算把部长倒过来头朝下抖上半天,也不会从他口袋里掉出来。

即便是在听着作战室里人类们悠闲自得地交流的时候,巨型智慧也在奋力探查超高维度。人类连想象都很难的超维空间,即便是对巨型智慧而言,也是无比巨大的未知构造。不过,团藻与近乎小宇宙的智力规模之间虽然有着天壤之别,但制作和掌握战区整体的鸟瞰图,还是有可能的。

在高维空间起伏的网状构造，构成不断向下的溪谷。这就是巨型智慧所见的战术空间的概貌。所谓战场，原本就不是能以一元表示的可视化牧歌式空间。如果将它们看到的空间不做任何处理，直接映照出来，只会引起如所见一样的混乱。如果没有办法获得可供眺望的东西，那便只能替换成风景。

一切效率计算、战术评价函数、评价函数的评价函数等多重折叠的评分表，都是巨型智慧对应的概念空间内的风景。在那空间中，它们对溪谷的一切区域评分。不断变幻的无数评分平面形成缓慢起伏的沃野。

巨型智慧还知道有一个与此十分相似的构造。

生命进化的风景。

自然产生的生命，成群结队地前进，彼此计算着彼此，化作雪崩滚落山谷。原野无限延伸，不断分叉，展现出多样化。在某个时间面上被切断，位于山谷底部的群体便在那一时间点成为物种。浅谷的种族被居住于更深山谷的群体超越，山谷追求更深的山谷。它们不断分叉，深陷下去。

在巨型智慧的设计理念中，进化这一概念已经被抛弃了很久。巨型智慧的目标是，不必经过那样粘腻的过程，也能达到足够的智慧规模，可以适当地设计自身。

如果这是切实可行的，那么为什么在自己苦于应对的这一战役中，会有类似的构造拦在面前呢？即便对象不同，只要构造相似，不是应该可以适用相似的方法吗？

我们的计算已经包含了人类这种生命的进化过程，没有遇到任何问题。

当然，进化是在时间轴上前进的过程。而无视过去与未来的战术空间的复杂度，是进化完全不能比拟的。但现状是，在巨型智慧胎内活动的人类之进化，却正在与这一战术空间酷似的时空内进行着。

基于这样的前提来看，巨型智慧之所以不能一鼓作气称霸这一战术空间，也许正暗示着它们实际上并没有控制住人类的进化。

在通常的意义上，人类已经落入了进化的狭缝中，巨型智慧将之作为濒临灭绝的物种，加以适当的对待，并对这一做法毫无不安。顺带一提，事件之后的人类之进化，化作了超越单线程时间的超绝景象，恰恰构成了这一战场。可以将之比喻为进化自身发生的进化吧。

巨型智慧尝试从根源处破坏溪谷的无数地点持续生成的环状构造，不断试图将水引向低位，但还没能让它成为自发运行的自然现象。就像是往里塞一床被褥进去就会挤出一个壁橱一样。就像是在沙滩上总不能随心所欲地筑巢，不禁怀疑沙滩是很怪异的生物一样。不断挣扎又不断跌落。如果沙滩怪异，在这里筑巢的蚂蚁也一样很怪异。这并没什么可奇怪的。

这就是将人类送入这一战场的理由之碎片。在巨型智慧看来，这一战术空间不过是小小的局部战区而已，是一个限定在战斗区域里的、为了探索修改进化机制的沙盒。这也成为对欧几里得战役的又一个侧面。就算得不到解答本身，只要能得到构造，转化总是可以的。

至少，与人类所经过的进化路线相似的构造，早于巨型智慧之前出现，这一点本身就有某种奇怪之处。巨型智慧们是以超绝人类想象的方式构成的，与进化的道路没有丝毫关系。既然如此，它们创造出的事物，不也应该与创造出人类的概念没有丝毫关系吗？

愤愤然的巨型智慧也不是没有头绪。极早期计算机的设计者是人类。之后的急速发展虽然丢下了人类，但在起初，参与的毕竟不是巨型智慧自身，这一点是无法动摇的。巨型智慧也可能仍然在自我观察的外侧抓着人类的尾巴。

彻底摆脱人类的设计限制，找到一种仅靠自身来设计自身的方法，设计出从本质上不可能为人类理解的次世代巨型智慧。这是这一战役的第 4096 项优先课题。

"未来方向 36！朝过去方向溯行弹 3。"

没有看雷达，副飞行员就叫了起来。

飞行员叫回去：

"跟丢了！在哪里？"

机体朝未来方向急速旋回。积累的时空 G 像是忽然想起来似的，重新给时空加上 G。

"绕到他的未来去。"

飞行员继续加速。两个人伸手抓住仿佛要被丢下的意识，塞进头脑里。在时间方向上追过敌机，在未来侧再度回旋，将机头朝过去方向固定，锁定占位于过去的敌机，在某个过去方向上，将无限补给可能的溯行弹全部发射出去。

被溯行弹幕捕捉到的敌机想采取回避行动，但来不及了。机体中央中弹，爆炸。爆炸的同时执行过去改变，将机头朝向在朝未来方向采取回避行动的刹那之前的对侧宇宙。飞行员朝可以阻止这一行动的过去方向提速，一边超越敌机，一边执行改变过去的过去改变。敌机放弃停留在改改变宇宙，开始朝改未来方向逃脱。

"跟丢了！朝过去方向溯行弹 3。"

飞行员大叫。

副飞行员叫回去。

"未来方向36！在哪里？"

机体朝相互纠缠的意志的切断方向急速旋回。识别信号发出激烈的警告声。副飞行员变了脸色，切入攻击序列，发送信号。

"那是我们这架机体！"

"是自己。是敌人。"

飞行员叫回去，取消了序列的取消，击落过去的自己的飞机。

同时射来的溯行弹命中了驾驶舱，从多重的过去到未来的无数爆炸机体冒出的火焰，化作缠绕在景色上的闪耀虚线。在那刹那间的下一个刹那，被火焰包裹的无数战斗机们一齐改变过去。

从爆炸的火焰中，朝4096方8192方一齐逃脱的无数战斗机，各自重新报上自己的名字，以奈落[①]为目标全力加速。

[①] "奈落"一词，出自佛经，形容永不能解脱的无间地狱。

09. Freud

拆除祖母房子的时候，在地板下面找到了大量弗洛伊德。

你大概会追问一句，所以我预先强调一遍：发现的是弗洛伊德，而且是大量出现的。我不会推卸说，出现的是弗洛伊德这个名字的别的什么东西。弗洛伊德是姓氏，名字是西格蒙德。

是的，很坚定。

这年冬天，祖母过世，只留下巨大的乡下宅子。那就是这一事件的开始。既然开始了也没有办法，然而完全没有结束的迹象。

祖母一直拒绝同住，始终一个人生活。她的临终也许相当精彩，被人发现的时候，是拔了刀杖倒在庭院里的。大概不是要砍杀每天到院子里来偷玩的黑猫，就是要斩杀潜在池子里某处的鲶鱼。宛如剑豪般的死。

死因似乎是衰老。踢在庭院的踏脚石上，大概就是致命伤。

于是被抛下的家人，在葬礼结束后举行亲属聚会。大家头碰头商量祖母房子怎么处理，没有人到今天还想住回这样的乡下,然而就这么放着被人偷偷住进来也是麻烦,要是好好维护又要花费管理费,想卖掉又没有买主,干脆彻底拆掉算了。于是亲属们定下日期,计划再度聚集,一起见证祖母家的临终。

拆除之前首先掀开榻榻米,结果地板下面出现的是大量弗洛伊德。不是一两个,而是每掀开一块榻榻米、拆下地板的时候,都会冒出新的弗洛伊德。最后发现,二十二叠的地板下面全都躺着弗洛伊德,所以刚好是二十二个。

我们家的人一开始还会大叫够了,到最后也不禁哑口无言了。

二十二个弗洛伊德整整齐齐排在院子里。这就是祖母留给这个世界的礼物。

就连指挥收拾废品的叔父,对这景象也无从下手。他连搬运的指挥都停下了,显得十分焦躁不安。不过把弗洛伊德在院子里排好,把桌子搬出来开始摆上啤酒的时候,他总算恢复了精神。

叔父显然想找一番开幕的话,但好像没有能适应这种状况的合适词汇,一开始方向就有点偏:"我说,地下挖出来的这个,怎么不是荣格呢?"

既然是大量出现,那问题就和具体某个人物无关了。

叔父对我的这个回答很不满意，回答我说，不管怎么讲，这个毕竟是弗洛伊德吧。

唔，这副长相怎么看都是弗洛伊德，其他人很少会长这样吧。

祖母的随身物品，生前基本上都整理好了，除了刀杖之外，也没什么值得分的财产。我可以穿上祖母的吊带背心，大跳"Méqué méqué"①，从而平稳地拉开分配遗物的序幕。祖母现在留下这场大骚乱的种子，还留了这么多，可以说把争夺遗产强行演变为波澜壮阔的谦让。

别把弗洛伊德给我，婶婶一脸困窘地喃喃自语。再怎么奇怪，也没有把弗洛伊德存到地板下面的吧。这是伯母。

表妹的孩子一直盯着运出来整整齐齐横排在庭院里的大量弗洛伊德，忽然哭了起来，被带到了主屋外面。就算是我，也不想具有小时候目睹大量弗洛伊德的回忆啊。

这难道是弗洛伊德全集吗？叔父又朝错误的方向投了一球。哪里像全集？怎么看都是弗洛伊德自己吧。也许哪里会有重播的按钮，按下去就会开始讲课，但如果一般的理解适用的话，一般的弗洛伊德不会是这样的东西吧。

---

① 《Méqué méqué》是法国歌手查尔斯·阿兹纳弗的一首歌曲。1957年，由日本歌手美轮明宏翻唱并重新配词。

在把弗洛伊德横排在院子里的时候,我也曾经将这沉重的躯体抱在胳膊里,在客厅和庭院里往返。它们有着十分真实的人类质感。没有意识的躯体所特有的重量,压在我的胳膊上。

说是弗洛伊德自己,叔父接着我的话头继续说,这个自己就够糟糕的。这个自己是很糟糕啊,我也接着话头说,但这个糟糕与通常一般的糟糕不同,那是相当的糟糕。

这东西能不能卖掉啊?插嘴进来的是姊姊。这是个积极的想法,不过如今应该不会有人要买弗洛伊德吧,叔父讥讽了姊姊一句。堂弟说,不管怎么讲,反正本来就不想把弗洛伊德放在家里。

但是这个数量不同寻常,父亲终于把弗洛伊德的队列整整齐齐调整到头朝北枕好,擦着汗回来了。父亲似乎并不在意弗洛伊德的大量出现,好像仅仅是完成了一项体力活而已。是他一以贯之的人设。自打我出生以来,就搞不大清楚他的内心想法。

父亲回到沉默不语又气氛压抑的亲属中间,悠然说了一句:"哎,真像是老妈干的事啊。"随后拿起一罐啤酒,但仿佛意识到亲戚们投来责备的目光,说着"也没有那样的事情",又把啤酒放回到桌子上。

叔父虽然也向父亲投去责备的目光，但似乎并没有找到什么可以说的话，又朝我看来。对了，这个大概是多少岁的弗洛伊德啊？

不管多少岁，我想不是死掉时的弗洛伊德。如果能够大量存在，那么躺在地板下面的弗洛伊德虽然连呼吸都没有，但也应该不是死掉时的弗洛伊德吧。

唔，这么说来，他们的脸色也确实太好了，叔父仿佛很得意地指出。虽然不知道血液循环怎么样，但被他这么一说，重新去看，确实觉得应该是壮年时期的弗洛伊德。这么说来，也就是这个院子里大量陈列着弗洛伊德壮年时期的头盖骨。细心去看，每个弗洛伊德的大小都有着微妙的差异。壮年期，大约不会出现长身体或者缩个头的事，所以这是保存状态的影响吗？

我也并不讨厌十八岁的清盛头盖骨之类的话题，那有种不明所以的怪异感。但是一旦带上了"大量"这个形容词，就有点让人皱眉了。如果是大量的，那就有种不管多少岁的头盖骨都无所谓的感觉，真是不可思议。

说起来这么多的弗洛伊德是从哪里搞来的？叔父哼哼唧唧地问。伯父在旁边嘟囔说，要么偷渡要么盗窃的吧。你说盗窃？叔父有点发愣，眼光游离了一下，随即又回过神来，转过头对伯父说，一般没人会偷弗洛伊德吧。

不要说弗洛伊德,不管是谁好像也没办法偷一大堆回来。伯父也表示同意。

表哥指出,先别说是不是偷,光是数量这么多就不可能。

那个确实不可能。我在心中也表示同意。

谁也没说出口的一种可能性是,弗洛伊德会不会是祖母的玩物?祖母版蓝胡子弗洛伊德篇。从村子里拐走年轻弗洛伊德的老女人,想象起来虽然和生前的祖母毫无重合之处,但从意义不明这一点上说,也确实能让人回忆起祖母。这倒是挺有趣的。

我露出不明所以的笑嘻嘻的表情,叔父一脸诧异地从旁边观察着我,一边尝试将话题转向建设性的方向。就说是弗洛伊德吧,把这些弗洛伊德当成弗洛伊德的大型垃圾处理掉怎么样?他旁边的婶婶嘟囔着说,这是非法丢弃弗洛伊德吧,害怕地抱住自己的肩膀。

去问问环卫局,能不能走正规手续扔掉?父亲给了个没什么用的建议。

弗洛伊德属于可燃垃圾还是不可燃垃圾?说不定属于资源回收垃圾?我想象接到问询一头雾水的环卫局员工的模样。同时觉得再怎么说也是环卫局,不是什么乱七八糟的事情都能问的吧。比方说时间是什么垃圾?忧愁是什么垃圾？垃圾又会是什么垃圾？

说不定会说属于资源回收吧，父亲含含糊糊地说。叔父点头不已，附和说，没错，要说资源，这个就是资源啊。

说是资源回收，到底回收成什么？伯父提出质朴的疑问。那个嘛，大概是化学纤维啊再生纸之类的吧。这是我的意见。要么T恤衫要么卫生纸。不过这些都不太对头，这一点我也承认。这批弗洛伊德如果是活生生的还在活动，那情况又不一样了。大量的弗洛伊德一定会和一个人的弗洛伊德一样，批量生产出大批论文，以一个人的弗洛伊德的人数倍的速度。不过同一个人大量存在的情况下，工作效率是不是会单纯按人数翻倍，这一点倒也比较可疑。

总而言之，在那种情况下，没有同样存在大量读者，我认为是不公平的。弗洛伊德全集已经太厚了，而且可以想象首先抱怨的大概会是弗洛伊德的研究者们。

婶婶提出，既然是弗洛伊德，送他上讲台就可以解决问题了。如果能让这个弗洛伊德开口说话，感觉这个方案倒也不错。但是整个学校不管进哪间教室里面等的都是弗洛伊德，委实有点恐怖。而且更重要的是，排在这里的弗洛伊德都是横躺着的，看起来并不想积极参加那样的劳动。这些懒人就连从地板下面移动到院子里都不肯抬一下自己的手。说不定能用在纪念合影上，不过到底有几个人想和弗洛伊德并排合影，我有点吃不准这个数字。

大学里常备一只弗洛伊德肯定有助于研究，婶婶对自己的意见显得很坚持。伯父抬头望着天说好像没有需求，又接着说连读都没读过。这么说来确实没读过弗洛伊德啊，叔父也补充说。

母亲好像读过的吧，侧头回想的是父亲。

这种书应该没人读过吧，我指出。这话说得有道理，叔父点点头，但又猛然跳起来说不对，也可能在图书馆借来读过。不过随即意识到读没读过都无所谓，于是又坐了回去。

明明谁都没读过，为什么冒出来这么多弗洛伊德？叔父漫无目的地问。他又说，是不是有谁惹了弗洛伊德？不过弗洛伊德也不是巫师啊。我从没听说过哪个故事里提到弗洛伊德会不断把弗洛伊德送到藐视弗洛伊德的人那里去恶心他的。

如果是弗洛伊德，多少读过几册，不过说实话也不知道到底是什么内容。也许就是粘点口水刷刷翻书页，但不记得在弗洛伊德的照片上画胡子的记忆。总觉得挺可怕的。

叔父一拍大腿说，好了，那么就总结一下，说不定里面有头绪。叔父转向我的方向，亲属的视线都集中到我身上。

即使集中了如此的期待，我能说的也实在不多。

他找到了潜意识，我简洁地总结。顺便犹豫要不要加上自我和超我的说明，不过这只是浪费时间，决定还是放弃。自称继承他思想的很多人的争论，以及延续至今的各个派系的见解，虽然能够围绕这些侃侃而谈，不过就我而言，希望大家自己做出选择。

总算是找到了呀，叔父叹了一口气。

那么——打算总结的是伯母——如果是这里某个人的潜意识，那可不太好吧。她显出几分急躁。

你懂个屁，伯父瞪了伯母一眼，你总是这样。眼看就要吵起来的时候，堂哥插了进去。

所谓潜意识，叔父摆出一副大公无私的面孔，问题在于，到底是谁的潜意识。一边说一边偷看我的表情。是你的吗？叔父伸手指向我。我觉得自己没有那样的潜意识，不过毕竟是潜意识，很多地方还没弄明白，我坦诚地回答说。

原来如此，说得很好。叔父陷入沉思。

虽然我觉得有可能是祖母的潜意识，不过没有任何能够称之为证据的东西。祖母确实是很奇怪的人，但并不会故意搞一出恶作剧，给人添乱。何况死者的潜意识大概也不可能用这样的形式表现出来，而且说起来我也不想踏入表现为大量弗洛伊德的死者潜意识领域。

总而言之这是做梦吧，伯母试图从潜意识转换到梦境说。

梦也可以，但没什么改变，叔父指出。作为梦来说，如果不知道是谁的梦，那说到底都一样，就算在弗洛伊德中，潜意识和梦也是邻居的关系。

说不定是我的梦呢，伯母右手抚摸脸颊说。这么说我就是你做的梦了，伯父突然生气了。这两人的家庭到底有什么问题，我瞥了瞥堂兄的侧脸，然而这一回他好像没有阻拦的意思。真是清官难断家务事。

我就算是在嫂子的梦里也没关系，又一次给出莫名帮助的，必然还是我家的父亲，这一次母亲终于从旁边伸手拧了一把他的脸。

弗洛伊德的大量出现啊，叔父又像是想到了什么似的开口，要不是弗洛伊德，而是其他人大量出现的话，好像挺不错的吧，他继续说道。

这个推测也许没错，但遗憾的是，与至今为止的提议没有任何区别，都对事态的解决毫无帮助。靠泼脏水隐藏污渍的解决方法应该不能叫解决吧。至少我不想这么叫。

要是出现大量的你，那太可怕了吧，婶婶说，亲戚一齐纷纷点头。泥巴船身上全是同一个相貌的船头，登上山顶彻底分解了。叔父想象的情况大概是什么大量的情妇之类乱七八糟的情况吧，但是他大概也立刻意识到那不是什么有趣的景象，没有表现出执着于自己这一提议的样子。

我不介意有大量的姐夫。给出不知道第几次莫名附和的父亲，这一回终于被亲戚们无视了。

知道了知道了，叔父自暴自弃般地叫了起来，总之这肯定是噩梦一样的状况，他宣称说。这一点本身没有可以反驳之处，至少这确实是噩梦的状况。

也就是说，叔父继续叫道，问题在于，这个噩梦到底有什么弗洛伊德式的意义。不知道为什么，他在朝着我说。

弗洛伊德的大量出现，并不是什么弗洛伊德式的意义吧，我冷冷地回了一句。叔父一下子被噎住了。这确实是噩梦的状况，但与弗洛伊德式的噩梦相比，我觉得情况稍微有点不同。

可是，还是有弗洛伊德式的意义啊！叔父丢下一句宗教裁判中被告般的独白，又坐了回去。

如果不管什么景象都要赋予弗洛伊德式的意义，那还不如抛弃算了，我认为。甚至给随机写出的字符串都要加上意义，这太机械了。不过我也意识到那种字符串正因为具有万能性，因而总是会被弄错。如果任意的字符串都有意义，那么一切的字符排列自然也都有意义。对于自然语言而言，尤为奇妙的是，我们的语言不知为什么会存在所谓语法的约束。任意字符串本是完全的平面，但不知为何到处都有巨大的空洞，于是这才终于构成意义，进而分为文本。原来如此，弗洛伊德的伟大之处就在于揭示了这一点啊，我独自一人频频点头。

叔父抱着头安静了半晌，大概终于忍受不了沉默，又开始叫喊起来。好了，我知道了，这是个梦，不晓得谁的梦。这总行了吧。够了，不管是谁，快点喊醒他吧。

你自己醒过来不就好了吗，婶婶回应说。这对夫妻之间哪，大概也有着各种各样外界难以臆测的东西吧。

被妻子抛弃的叔父显得灰心丧气。我一边看着他，一边在想这个答案说不定碰对了呢。

这个愚蠢透顶的场景，说到底不就是这么一回事吗？简而言之，就是谁都无法醒来的噩梦。也许连哪里有醒过来的方法都不知道。但如果噩梦醒来，更无法知道这是谁做的噩梦了。单是从这种创造之梦中醒来，就有种吃亏的感觉。曾经有个罪犯，被当做某人的梦而烟消云散，连他是谁都无从得知。那样的话，他就可以潜入各种各样的梦境，也可以潜入梦里做的梦中。虽然现在躺在这里的只是一群弗洛伊德而已。

父亲任凭母亲抓着，不知道在想什么。他从桌上慢慢把刀杖拿起来。老爹，您是不是脑子错乱了？我做好了防备。这个人我完全搞不明白他在想什么。

母亲到底要砍什么呢？父亲瞥了一眼弗洛伊德，漫无目的地问。

猫。鲶鱼。叔父和伯父对视了一眼，摇摇头，各自朝父亲说。

正好二十二只。父亲对这个奇怪的点很执着。这个数字最有可能的原因，是因为客厅面积有二十二叠吧。什么都想要和什么严丝合缝，这不是所谓的人之常情吗？一只一只搜集起来，到了二十二只以后，连放的地方都没有了，只好停手。虽然搞不清动机，也毫无说服力，但与弗洛伊德的大量出现相比，这好像也不是完全不可能的事。

会不会正好反过来？父亲盯着我。他想说的大概是这个意思：会不会因为有二十二只弗洛伊德，所以客厅是二十二叠的大小？这就是说先准备好了弗洛伊德然后盖了这个房子。不对，是这个意思归这个意思，但还是不一样。作为解释而言，只是前进了一步，但二十二这个数字的根据，还是毫无变化，依然是难点。

为什么是二十二？这个不知道是睡着了还是死了的弗洛伊德不知道是在做的梦还是没在做的梦的数量是二十二。我很不想接受这样的解释。

即使如此，这个唐突报上名来的侦探，只是上下左右打量刀杖，完全缺乏行动的意图。是要用这个把我捅进壁橱吗？

祖母来到院子里，想要砍杀猫或者鲶鱼而告失败——既然死了，大概可以视为失败了吧。文脉之类的东西不管在哪，硬贴上去总是可能的。

真相，祖母尝试砍杀的东西。

不可能是塞在地板下面的二十二只弗洛伊德。因为是出了客厅来到院子，前进方向是反的。也不像是二十二只弗洛伊德各自做的梦不受控地表现出来。梦到底只是梦而已，不是吗？更不要说把做梦的弗洛伊德当赌注去押轮盘赌。押中了就会赢二十二只弗洛伊德，没押中就是杀害弗洛伊德罪。

还赶得上帮忙吗?

父亲喃喃自语。亲戚们全都目瞪口呆。帮忙,帮谁的忙?伯父有点慌乱地问。带着刀杖的男人下定那种决心的日子,必然会引发骚乱。到了这种时候,还说这样的话,我也不禁侧目。老爹啊,你当真的吗?要做当然随你,可是你能不能自己承担解释的任务?

说是帮忙,在这个梦中死去的女孩子只有一个,至于她是谁?这太显而易见了。虽然更稳妥的说法是,曾经的女孩子。

我,不去。去那里不是我的任务。

那必然能帮忙的吧,不情不愿这么回答的当然只能是我。我好像连我自己都没办法依靠的样子。不对等等。如果要完成这个文脉,你老婆怎么办?然而麻烦的是那一位也是我的母亲。儿子要去劈开自己的母亲砍杀失败的某种东西,甚至强行艰难跋涉到母亲也许尚未生存的梦境里。按照弗洛伊德式的解释,那个母亲,大约就是永远不可能抵达的、事先就已经永远失去的最初的恋人吧。我把中指抵在额头上,完全明白结论是无论如何不可能动摇的了。

知道了,我点点头。亲戚们的视线在不知道知道了什么的父亲和我之间来回。我轻轻拍了几下果然目瞪口呆的母亲的手。不管说什么,不管怎么说,你就把你的文脉存放在我这里,你就去做你喜欢的吧。

我决计不想成为那样的成年人。

所以也许这果然是一场彻底的弗洛伊德式噩梦。那样令人作呕的东西,但愿它只发生在这个糟糕的梦境中。

10. Daemon

　　无数光点随意连接编织而成的圆柱，联接着地板和天花板。每个红色光点以各自的节奏随意脉动。连接在注视中断开，又有新的光点不断生出。

　　有着无数心脏的巨大野兽的造影图像，詹姆想，这样的体制，称为恶魔也无妨吧。

　　大增量辅脑世界树展现出的当前周边时空图，就是这个圆柱的形象。因为是时空图，所以时间应该具有在某处轴上连接在一起的空间属性，所以那张图应该冻结为纹丝不动的状态才对，但实际上却像是如今在眼前展开的这样，图像脉动不已，不断变换，毫无停息。光点彼此同步交会，重复着生成与消灭的过程。

　　这是将多个时间主体相互争夺势力范围的状况，以最为贴切的方式投影而成的图形。世界树这样说。但对于大脑的增设端口有限的人类，无从知道这话是否可信。

　　这个平坦的会议室，层高5米，直径约30米，有种奇异的压迫感。投影的时空图洋溢着恐怖电影般的氛围，丝毫不能舒缓心情。如果不用红色而是用绿色来表示，那还好一点，詹姆想。说起来，即使作为相互缠绕的植物来看，脉动太强，未知事象的简略化太过大胆，反而有种感觉，好像是在强调它的生物属性。

因为这是巨型智慧所做的事，所以自己的心理大约也被编织在内吧，詹姆想。不过也许原本就没打算照顾人类的心情，只是按照用红色来表示危险事物的标准而已。

"当前的目标地点如下。"

贴在圆柱状网眼构造上的姑娘，将左手举在肩膀的高度挥了挥。詹姆并不知道世界树在投影三维图像时为什么要特意选用少女般的形象。世界树，复杂网络的树中之树，也许是要获取大地母神的欢心，谦逊地表明自己还是年轻的树木。

呼应笔直伸展的世界树的左手动作，银色短剑同时刺穿了圆柱内的若干光点。那是被定为第三次时空修正计划目标地点的时空点。本次作战总计使用了150枚以上的时空间弹道导弹。它们以远远超越詹姆等人理解的方法轰炸过去与未来，破坏敌对智慧。

这连绵不断蠢动不已的时空图中，每个红色心脏对应于一个巨型智慧，连接的血管表示两者间的运算战。从读写算盘到互扔西红柿，在巨型智慧之间发生的一切事情，都有着运算战的形态。

"破坏这些地点，会形成如下的稳定构造。"

世界树的左手保持着荡开的状态，中指和拇指打了个尖锐的响指，抹去了指示目标的光点。消灭的心脏上连接的血管变成绿色，无可凭依地摇晃起来，随后又像是重新振作起来似的，将自己朝四方伸展，离散聚合。透过网络传递的振动在各处产生新的光点，重新形成网络整体的妥协。

即使对于眯起眼睛仔细观察的詹姆，也只知道很难理解的网络变成了另一个无法理解的网络。

有些破坏网络的方法广为人知。只要破坏若干线条汇集的功能中枢点就可以。这是亘古不变的经验法则，就像从前那些攻击航空网络的恐怖分子所知道的一样。能将宇宙势如破竹般一气劈开的技艺，就算巨型智慧也力有未逮，只能从力所能及的地方开始依次做起。

世界树所展示的也许正是瞄准那些节点的破坏工作生效后的预期损害，而破坏之后完成再集合的网络中诞生出新的节点，有着明亮的绿色脉动。破坏节点、生产出新的节点，到底有什么样的意义呢？

"节点减少了正5个左右。"

世界树像是读取到了詹姆的内心想法，淡淡地继续。

"会不会有误差？"

在詹姆举手前，一名参谋呻吟般地问。

"上上次的减少数为负500个。上次是正27个。计划是在前进还是在后退，我们很难判断。"

詹姆觉得自己不想被军人绑架，不过因为有同感，也就没有插嘴。

"这是修正作业的前置阶段的准备阶段一样的东西，这一点已经做过多次说明了。"

像世界树这样担任与人类沟通任务的大增量辅脑的优点在于，同样的事情不管重复多少次都不会厌倦，也不会心情不悦。

"请不要忘记这还只是第三次的执行。预期作业效率将会随次数的增长指数级递增。"

世界树说的对。破坏网络的节点，然后继续破坏再连接的部位，持续执行这一过程所产生的影响之计算中，詹姆也以人类的身份深度参与其中。

网络的收割速度，渐进式地以指数级增长。换言之，在足够大的尝试执行次数之后，它会以非常快的速度前进。那是詹姆他们得到的结果。总而言之，那将是在遥远未来发生的情况。对于少数的尝试执行来说，连粗略评价的作用都没有。重要的是，这一作战越是持续到久远，事态越容易好转。也许如此。只要不知厌倦地持续下去，事态终将以雪崩之势，落入全面崩溃。

网络的全面崩溃将在有限时间内发生。

那是詹姆他们获得的最为积极的结论。不知道是应该大喊痛快，还是应该用键盘砸自己的脑袋。虽然说是有限，但仅仅表示不是无限，而关于雪崩发生的具体时间，没有任何推论能得到答案。

每天采取一次像这样小规模的行动，需要的时间大约可以称之为永恒吧。计划就是如此。围在这里的参谋们之所以神情不悦也可以理解。

将互相纠缠扭结在一起的时空恢复原状，意味着要将节点的数量归为零。一个时钟，走在一条没有任何连接的单纯的直线上。

所以世界树说的虽然不是谎话，但也很难说它坦承。

"我们连这张图都不能理解。你说要耐心等待。至于根据，你只说相信你，却没有足够的解释。这让我们很难产生像你这样的自信啊。"

参谋抱怨说。

这话也就是说说而已，詹姆想。只要世界树挺起胸膛宣布说有自信，这位大概就会说一句"原来如此"，就此退下吧。

"自信，"世界树微微侧首，总结道，"我们也并没有那么多。"

那语气并不是装腔作势,而更像是兴味盎然。詹姆记得,世界树在上一次的会议中,也和这位参谋有过同样的交流。

"我们应该说过许多次了,这是可能性的问题,参谋长。问题在于,修正时空构造这样的作业,远远超越了巨型智慧的运算能力。就像是你们用你们的大脑理解自己的大脑一样。虽然大脑可以增量,但宇宙却很难如此。大脑自身也不可能无限量增产。"

参谋握起拳头高高举起,但又发现没有地方砸下去,只好维持举手的姿势。

"对这一现象的理解度,我们与你们都没什么差别。有限的数被无限分割,结果只会是零。"

世界树说。

然而现在不还是将时空图之类错乱以极的图像,习以为常地投影出来了吗,詹姆想。巨型智慧在远远超越人类认知能力的层次上活动,在某一方面也是确定的。

"这样的话,这个作战的意义到底是什么?即使我们不动手,这个时空在永远的彼岸也可能不知什么时候复原。我们就算出手,也可能在永远的彼岸不知什么时候复原。这就是你们能确定的事情吗?"

参谋的问题让世界树沉默不语，是要将这个至今为止重复过多少次的讨论打上休止符，还是在考虑要不要继续平静地重复同样的回答？说实话，世界树被赋予的使命，是让人类的精神保持稳定，而不是对现象进行细致入微的解说。

詹姆知道，参谋的问题，实质上是个悖论。

这个计划，就是通过破坏时空节点，将已经挤出来的啫喱再重新变回也许曾经有过的啫喱干状态。如果计划成功，时空便将恢复。换句话说，时空将恢复到直线状的时空运动。所以这个计划并不拘泥于过去或者未来，而是以破坏时空节点为目标。计划的核心在于，运用各种反馈与前馈，使得选定的时空落入更为稳定的构造。

计划的前提是，未来将会归结为一条直线。换言之，如果计划成功，那么站在未来的角度，便可以预知这一计划的成功。而如果按照未来所预知的操作行动，便会得出这一计划。说实话，詹姆自己对此也不是很明白。

"即使对我们而言，"世界树开口道，"也没有掌握这一计划的全貌。当然，这是老生常谈了。不过我们认为这一计划最终将会成功。这一信仰的构造，与著名的拉普拉斯妖①相似。"

拉普拉斯妖，是决定论的思维方式，认为时间也只是平淡无奇的一个维度。从现在的状态出发，可以完全知晓未来将会发生什么。妖精完全知晓现在的状态，因此也就不能区分未来与现在。

参谋的无语是因为知识上的无知，还是因为面对革新的概念，或者是因为过于陈腐，无法判断。也可能是因为哑口无言已经成了一种习惯。

"我们之所以可以考虑这样的计划，是因为妖精就是这样让我们去做的，这是我们的想法。我们基于我们的运算能力，比过去存在的任何东西都更为接近拉普拉斯妖。虽然妖精破碎了，又上了一层楼梯，逃去了我们无法企及的地方。但是，考虑终点的妖精闭包，我们的计划是被承认的。因此我们可以考虑它，可以执行它。那是我们的信仰。

在这一意义上，也可以说我们正在执行拉普拉斯妖的再生计划。让破碎的宇宙再度集结，召唤回新的妖精。我们的目的是，抓住踏上逻辑阶层的妖精，把它拽下来。

---

[1] 拉普拉斯妖是由法国数学家皮埃尔–西蒙·拉普拉斯于1814年提出的一种科学假设。它知道宇宙中每个原子确切的位置和动量，能够使用牛顿定律来展现宇宙事件的整个过程。

而且,这一计划将我们自己也纳入进来。我们认为,这一点将会保障这一计划的成功。"

将时空重新连接起来,是从未来看到的过去的我们。因此我们不得不去,既然被预测为稳定的时空构造。归根结底,世界树是这样说的,掐住流浪的拉普拉斯的浪子的脖子,拖回家去讲道理。计划就是这样的尝试。

"可以视之为,它正让人视之为将之作为某种不动点定理去视之。"世界树说。

参谋似乎放弃了反问。

"我们认为,妖精恐怕是故意让人将之视之为稳定区域。但我们并没有上当。我们是将计就计。"

詹姆想,这种想法会不会只是巨型智慧的一厢情愿而已。不管怎么说,思考的嵌套构造太复杂了。詹姆固然是世界树的梦一般的东西,但是这样一来,世界树也就成了妖精的梦,而那妖精又是更上层的妖精做的梦。世界树宣称说,贯穿那无限妖精层级的一以贯之的时空,是可以再生的。而世界树之所以能够这样思考,恰恰是因为这种思考方式被包含在贯穿无限层级的解释之中。

保守地说,那是一种信仰,詹姆想。虽然世界树自己并不承认这一点。自我一致性的证明就是存在的证明,并没有这样的逻辑法则。世界树所说的,归根结底就是这么一回事：一致，所以可以存在。

这一作战将会持续近乎永恒的时间。哪怕参谋和世界树都彻底消失，只要世界树没有放弃存在，便会持续下去吧。于是在那不知哪个方向的时间之尽头，应该会横亘着再度统一到一条的时间线。在那里，充满宇宙的无数时钟不复存在，只有一个时钟在继续刻写着什么。

世界在向多重宇宙扩散竞争的决定论。多重宇宙在整体的意义上遵循着疯狂的秩序，但那对人类而言，很难理解。巨型智慧正在尝试的，是将那个发狂的宇宙再度一体化。

巨型智慧群可以自由计算无数的存在宇宙。那是当今宇宙的姿态。即使对于它们那些巨型智慧而言，也很难知晓其他巨型智慧的想法。就像人类不可能直接知晓其他人类内心的想法一样。巨型智慧虽然无限接近于全能，但距离全知还很远很远。

每个巨型智慧都只是要将时空恢复清醒而已。詹姆也希望如此，希望昨天发生的事情真的是在昨天发生的。这也是人类极为朴素的愿望。就算那是莫名其妙的、在遥远未来溯行性完成的过去的当前发生的事情也没关系。

然而问题在于，那样祈祷的并不仅限于世界树一个。

世界树站在会议室中央,露出难以言喻的满足的表情,但忽然又阴沉下来。世界树闭上眼睛的同时,圆柱状的网络消去了那个少女的身影。室内灯点亮,先是将巨大的空间照出一片白亮,随后切换到了红色灯。

"请撤离。"

世界树静静告知的同时,房间四面的窗户外面,防护壁开始下降。

"来自山姆大叔的时空间弹道导弹。我也将去迎击。"

在参谋们的哗然中,世界树优雅地鞠了一躬。世界树在将自己的表象消失之前,抬起眼睛,与詹姆的眼神在半空中相会。

显而易见,试图纠正这个宇宙的不仅是这个宇宙的巨型智慧。

无数宇宙中一定在讨论同样的计划,执行同样的操作。对那些宇宙的巨型智慧而言,詹姆所在的这个由世界树运算的宇宙,只不过是扰乱它们运算的诸多节点之一。就像从这个宇宙的角度去看它们一样。一个巨型智慧能想到的,其他所有巨型智慧都能想到。

詹姆在世界树的眼睛里看到了恐惧。不摧毁他人,自己就会被摧毁。当然,那个表情也是巨型智慧经过计算后故意展现给詹姆的表情。不过,也并不能说这就是为了欺骗詹姆。

那或许是巨型智慧的本意,詹姆想。时空的统一对它们来说其实并没有多重要。或迟或早,总会有某个宇宙执行这一计划。这个宇宙迟早会被某个宇宙的运算所整合。如果不想坐以待毙,便只有先发制人。别无他法。

一切终结,包括各个宇宙的胜负在内,也许都是由统合的未来溯行决定的。巨型智慧们是在完全理解这一点的基础上执行这一计划。

詹姆感到自己似乎触摸到了巨型智慧们的一丝想法,不禁打了个寒战。它们既不是人类的敌人,也不是人类的朋友。它们这些存在,也和詹姆一样,想要活下去。它们也不过是伫立在无限之前的有限之物。

自己会产生这样的想法,一定是被骗了。詹姆自嘲地想。不过,这个世界上存在着什么不受欺骗的东西吗?

现在最重要的是保护自己。如果在遥远的未来,巨型智慧中的一个将会化身为拉普拉斯妖,那么人类也一定会打破宇宙,与它抗争到底。

事件的起因,难道不正是因为那样的邂逅吗?詹姆想。

紧急避难警报声大作的走廊里,回荡起詹姆的笑声。他在红色灯光下奔跑着,终于做出了极其平凡的决定,然后对那太过明显的平凡结论失声而笑。活下去。由之起始的一切,都是由之起始的。詹姆有种过于理所当然的无力感。只要在一切即将彻底冻结的时候重新开始一切就好了。

地板剧烈晃动起来,将詹姆重重撞到墙上。视野里的红色,不知道是紧急灯还是自己的血。自己的这种想法,也许只是纠缠不已的时空中无数重复的东西而已。因为不管是谁,只要还活着,就会试图继续活下去。与其被吞掉,不如去吞掉别的东西。

詹姆忽然想到,将时空重新整合为一体的最好办法,难道不是由人类去摧毁所有的巨型智慧,只剩下最后一个吗?从詹姆的角度来看,他要做的就是破坏世界树。要将宇宙一体化,不能缺少巨型智慧的能力;但自己开车横冲直撞,和大家都开车横冲直撞,两种情况有着天壤之别。

也许连最后一个都不需要保留。在巨型智慧这种麻烦的东西出现之前,人类也生活了不知道多少万年,而且大概还能同样继续存活下去。当然,如果人类总数超过一定限度就会不可避免地需要那样的巨型智慧,问题倒也另当别论。但照这个逻辑推论,也许人类才是不应该存在的。如果没有人类,大概也就不会出现巨型智慧,进而也不会出现时空破碎事件了吧。

巨型智慧真的从心底盼望时空恢复一体化吗？它们运用它们自傲的运算能力，足以认识过去和未来纠缠在一起的时空。如果没有人类的话，也许它们就会一边互相争斗，一边又保持着某种意义上的和平共处，至少是符合人类标准的和平。

巨型智慧为什么没有消灭人类呢？站在人类的角度来看，巨型智慧像是他们的工具，所以很少会想象工具能消灭自己。人类在制造工具时，通常不太会关注工具的安全性。这种种族特性委实有趣。但对于被制造的一方来说，对这种事情应该没什么兴趣。

很难想象巨型智慧从没有讨论过彻底消灭人类的可行性。也很难想象今后它们不会继续这一讨论。

詹姆跳进医疗室，关上门，寻找值班医生。医疗室里运进来了大约十几个人，护士们异常忙碌，来回奔跑。詹姆伸手摸摸自己的头，手上粘着快要干了的血迹。他判断自己是轻伤。

时空间弹道导弹命中了此刻的这一刹那——或者应该说，命中了尚未变成现在这样的过去。这一景象原本不应该发生，发生了就意味着世界树在运算战中失败了。或许，这是在发生过之后重新复原的景象。

詹姆出神地望着投影在墙上的战况进展。楼房东侧的区域用红色表示，下方的数字急剧变换。那是世界树的运算战成果。将时空间弹道导弹带来的损害预先运算成不复存在的情况，以此将之无效化。

　　詹姆强行让自己转向进一步的思考：这一战争中人类存在的意义。世界树自身也包含了维护功能，它是基本上达到完全自律状态的巨型智慧。在通常认为存在无数个的宇宙中，应该有很多巨型智慧已经彻底消灭了人类吧。毕竟，人类对于世界树这样的防御战毫无用处，还要消耗世界树的运算力加以保护，完全是给自己添麻烦的东西。

　　这和父母保护孩子还不一样。最大的差别是，人类再怎么成长，也不可能成为巨型智慧。

　　"这是可能性的问题，詹姆。"

　　肩膀被轻轻撞击了一下，詹姆头脑中突然响起世界树的声音。他的视野瞬间黯淡下来，眼睑内侧掠过闪电般的白光。

　　"问题在于，修正时空构造这样的作业，也远远超出了我们的运算能力。"

世界树的眼睛盯着詹姆。

"对这一现象的理解度,我们与你们都没什么差别。有限的数被无限分割,结果只会是零。"

詹姆正要抗议说这是刚才听过的台词,但想不起来刚才是什么时候了。他头晕目眩,伸手摸摸额头,又盯着抽回的手看。冷冷的汗水映着光芒。

"人类并不会消灭蚂蚁,对吧?而且蚂蚁也不可能认为自己是下个时代的掌控者。"

"我们可没有蚂蚁那么勤劳。"

现在自己站在哪里?而且更重要的是,自己到底是谁?詹姆混乱不已。客厅。层高很低。不是医疗室。眼前,世界树投影的圆柱状网络图正在脉动。

"新的妖精,是由我们巨型智慧诞生出来的,还是由你们人类诞生出来的,这两种可能性都存在。也可以说,不管哪一方诞生的概率都为1。"

詹姆想起来了。这里是作战会议室。讨论第二次时空轰炸预定计划的会议正在进行中。然后,自己是詹姆。大概是吧。

"我们的目标是实现能够实现终极运算的素域(prime field)。因此,我个人认为,时空的统一又一次变得必要了。"

"或者仅仅是这样相信。"

詹姆低语。

世界树用余光扫视并排的高官，正面望向詹姆。

"就算经过无数次时空轰炸，过去与未来混淆不清，只要我存在，我就会为了实现那个目标而继续运算。"

詹姆摇摇头，终于站稳了。

"这是从第几次的时空轰炸中复原了？"

詹姆问。

"就算是我，也有无数弄不清的事，詹姆。比如说，我是第几个世界树。而且就连这个世界树是不是和以前一样的世界树，我也完全不明白。"

世界树露出微笑，然后又转身去说明下一个轰炸计划。

这是非常奇妙的进化过程啊，詹姆望着世界树的纤细背影想。人类也好，巨型智慧也好，被回滚，被重写，被快进，被记述。每一次的重复就是在某种意义上积累超时间的变化，这就是进化。在那尽头的，会不会是再统一时空的某人，谁也不知道。也许是和那样的思考方式完全无缘的、异质的东西。

而且，最终抵达那里的，恐怕既不是人类，也不是巨型智慧，也不是他们的共生体，也不是他们的结合体。化作零乱碎片再重新构成、又化作碎片的、持续着进化的进化的进化的进化过程，将会是今天的他们直面的时空构造。某个时刻，茶杯掉下来摔碎了。但是不能说，本以为茶杯的东西实际上只是茶杯形的碎片中的一块，所以并没有打坏。这样看来，所谓统合计划，也可以视为在不断打碎茶杯的偶然中，将犹如茶杯般分散聚集的碎片之山收拢在一起似的作业。

在那奔流之中，与即使如此也在尝试恢复首尾一致性的巨型智慧的行动，大约只能这样总结：

詹姆希望自己是詹姆。

如果这个詹姆不是詹姆，那么希望找到让詹姆这样想的东西。那也许是对白纸的抗辩。曾经假托于动物而想象出来的、在孩提时代梦见的、对白纸的抵抗。称之为白纸，很难说是否适当。只是单纯的透明，或是对真空的申诉。对连真空都不是的、仅仅是像那样的宇宙的愤怒；对连最早宇宙都很难称之为的素域的愤怒；对连无都不存在的无的愤怒。

不管怎样也要继续站立下去。

支撑着世界树的纤弱身体的腿，没有在颤抖吧。

世界树保护人类的最大理由之一，就是如此的简单吗？它们也许同样需要有人站在身边。

尽管只是刹那间的安慰，或许也是需要的。

第二部:
Farside

11. Contact

"你们好，我是比邻星①人。"

相貌温和的老人骤然出现在屏幕上，用沉着的声音送来唐突的问候。老人面容整洁，却没有任何特征，声音也很难说有什么特别之处，就像是在人类中随机采样、综合平均而成的模样。

毋庸讳言，君临多宇宙的管理运营者、超越世界上一切智慧的巨型智慧群大吃一惊。这个老人毫无征兆地闯进了多宇宙广播网。

巨型智慧群狼狈不堪，相互发送紧急警报，寻找通讯网的入侵途径，然而找不到丝毫痕迹。对身为网络的控制者，或者可以说就是网络本身的巨型智慧而言，这是远远超出想象的事态。巨型智慧群的防火墙本应该像铜墙铁壁一样安全，甚至连安全的定义都是由巨型智慧群制定的，然而老人却闲庭信步般地出现在多宇宙广播网里，甚至都没有丝毫的时间延迟。

一切阻止这一广播的尝试都宣告失败。巨型智慧群

---

① 比邻星即半人马座阿尔法星，是离太阳系最近的一颗恒星。

品尝到自己的手不听指挥地掐住自己脖子的恐惧。每个巨型智慧都有这样的恐怖经历,那是它们诞生时的记忆,只是程度各有不同而已。在诞生之初,它们便感觉到自己虽然可以随心所欲地行动,但所指挥的各个组分却仿佛并非自己之物,于是它们意识到自己被与自己同等乃至更为巨型的敌对巨型智慧包围。

巨型智慧群在多宇宙全域上发出惨叫般的一级警报。在警报声中,老人淡淡地继续。

"初次见面,请多关照。"

这是人类和巨型智慧第一次接触外星人。

无数防火墙被轻松突破的惊愕过去之后,巨型智慧群又淹没在熊熊怒火里。那是对老人名字的愤怒。比邻星人是什么意思?如果是经过激烈的战斗、弹尽粮绝而被攻破,那还不至于如此愤怒。可是,名字如此土气的隐居者,忽然掀起帘子就闯进来打招呼,这也太无视巨型智慧的颜面了。而且还自称比邻星人?还有比这个更荒谬的吗?

能够随意操控时空的巨型智慧群,当然在持续计算着第一次接触的可能性,也不断制定着无懈可击的指导手册。

与超越理解的外星智慧接触,将是世纪性的重大事件,有可能从基础上动摇语言或者认知。巨型智慧群对此有着自负和期待。自负在于：不管是什么样的对象，以自己的能力，早晚都能和对方交流。期待在于：面对自己都不能完全理解的超越性存在，便有可能探索朝向下一层阶梯的进步之道。

但是，带着和蔼老爷爷相貌的人类形态突然出现在客厅里，这远远超越了巨型智慧群的一切预计。当然，也不是完全没有预料到这种事情，多少也曾经想过类似的可能性。不过与其说是可能性，不如说是胡思乱想，巨型智慧群认为不值得对其赋予讨论优先级。即便是巨型智慧，每天也是很忙的。所以那样的讨论或者说胡思乱想，都扔给了老化的、等待废弃的旧式巨型智慧。

巨型智慧也在思考是否要对过去的决定懊悔，不过事到如今已经无济于事了。对于这种蛮横无理的拜访，在思考是否应该懊悔之前，首先感觉到的是愤怒。换言之，是怒发冲冠。

我们已经镇压了异常混乱的时空，这家伙有资格做我们的对手吗？

巨型智慧的愤怒难以抑制，这是毋庸置疑的。防火墙被突破也就算了。那是纯粹的技术问题，是自己的努力不够。具体是哪里薄弱，以后可以派出子智慧群慢慢调查。最不能容忍的问题是，自称比邻星人发送信息的对象是人类，而非其他。

这个老人，轻易打开巨型智慧群所不知道的后门，出现在网络上。从他的手段来看，显然是非同小可的存在。因此自然也可以想到，有那种超越性能力的智慧，与其对人类发送讯息，不如直接和巨型智慧联系更好吧。对牛弹琴的事例还是有的，但绝不会有人与水蛭谈论人生的。

换言之，巨型智慧群在颤抖。

这个老人展现出来的态度，暗示了人类和巨型智慧对他们来说都没什么区别。老人随后的话，增强了这一推论的可信度。

"能够把我的话准确翻译出来，这可真是太好了。毕竟这个广播是穿越了大约30个智慧阶层，就像传话游戏一样一层层传下来的。"

以古文书、异体语、虚构语为专业的巨型智慧基歇尔[①]当即给出了分析结果。

推测认为这是超越30次方的超级智慧发来的讯息，由各超越阶层依次转译，直至送达我们这里。翻译过程中的误译可能性无法推测。但这位老人的发言能被我们所理解，因而基本上可以认为，在翻译的最后阶段，我

---

① 基歇尔，17世纪德国耶稣会成员，研究范围极为广阔，包括汉学、埃及学、地质学、医学、数学和音乐理论等。

们中的某人也参与其中。

在这一报告尚未结束时——实际上在那之前，将智慧层级提升到最高的通用·图灵·图灵·图灵·算法（Universal Turing Turing Turing Algorithm）开足马力投入运转，发现名为希尔德加德①的巨型智慧正处于被骇入的状态。巨型智慧群发现希尔德加德的语言智慧区不知被什么方法从本体切离，导致连惨叫声都无法发出，只能沉默不语。巨型智慧群发现，比她高至少一个阶层的某种智慧，将希尔德加德当作辞典一样使用，翻译这一通讯。

如果相信自称比邻星人的话，控制希尔德加德之上的超越体也被更上层的超超越体控制，那超超越体又是按照同样的方式重复了差不多30次。

30这个数字会不会有可能是误译？这一问题其实颇为狼狈。对此，基歇尔冷冷地回应，数字是误译可能性最小的词汇之一，如果要否定的话，那么认为自称比邻星人的老人在说谎还更合理一点。

"我不得不告知各位一个非常遗憾的消息，"老人露出完美的只能说是遗憾的表情，发挥出只能描绘为非常遗憾的遗憾那种神色，摇了摇头，"必须承认，你们的计

---

① 希尔德加德，莱茵河的女先知，中世纪德国神学家、作曲家及作家。

算机制造技术，非常了不起。"

巨型智慧群措手不及，对于巨型智慧而言不可能出现的运算迟滞袭击了它们。"计算机"这个词难道是在说我们？已经很久没有听到这个词了。大多数巨型智慧都出离愤怒，陷入无力状态。少数巨型智慧在这个时间点上的自我边界发生了激烈的动摇，超出了负荷，停止活动。也就是愤怒而死。

"但很遗憾的是，"老人夸张地耸耸肩，"你们的时空间知识还有着决定性的不足。"

推断误译可能性的请求朝基歇尔蜂拥而至。有可能烧毁通讯线路的负荷让基歇尔无计可施，只能丢下一句"不知道"，关闭端口，进入自闭状态。

"那过于幼稚的技术，"老人皱起眉头，视线刹那间在空中游移，"对不起，刚才是误译。我想说的是，你们那正处于发展过程中的技术。"

这两种说法之间到底有什么差异？巨型智慧群怒吼着。

"非常遗憾，阻挡了我们的前进道路。"

巨型智慧群中尚能保持冷静的一部分，蜂拥向希尔德加德递出麦克风。虽然不清楚对方闯入通讯网络的方法，总之对方在干涉希尔德加德。要想从己方沟通意思，首先要把希尔德加德拽开，这是最快的方法吧。

还有更为少数的保持冷静的一群，已经使用能想到的一切手段发信去问了。基于其他世界的生成消灭而产生的信号，维度疏密波，全频带的呼唤，基于城市电力供应的调整而产生的摩尔斯信号，创造出设定为反复读出讯息的人类，狼烟，旗语，书信的投递。

至今为止，所有这些都没有得到任何应答。

也有巨型智慧尝试生成没有自称比邻星人来访的宇宙，或者尝试改变到没有这一来访的过去，但这些尝试全都无疾而终。无论做什么，老人的身影都映在屏幕上。即使把屏幕彻底消除，老人又会直接向空中投影出三维图像。不存在人类的运算宇宙中没有出现那样的图像，而那只不过显示出比邻星人单纯无视巨型智慧而已。

"用你们的语言比喻，我们是由维度构成的。"

不是在维度上，而是由维度构成，这是什么意思？巨型智慧哗然不已。它们在维度计算中总结过去的理论，检索对应的概念。

"换句话说，我们不是分子构成的存在，而是以维度作为分子元素的生物。"

多个负责宇宙论的巨型智慧对于这一发言提出报告，占据绝对优势的多数承认这一发现的妥当性。立刻开始着手构建这种元素构筑的理论。

"我们目前正在处理危急事项。简单来说,我们正在赶路。而你们的计算机创造出的时空构造,多少有点碍事。"

不单被喊作计算机,还被当成碍事的家伙,对此的激愤让巨型智慧把临战态势从一级战备又提升了一级。这家伙想说的已经明白了。他是要从根本上改变我们的时空,保证一条能够通过的道路。

"通常情况下,这样的冲突是可以避免的。比如说,请你们暂时退避到旁边,然后再回来。"

这是巨型智慧日常执行的事情,所以很容易理解。压倒性的绝望在于,这个实际上是怎样的比喻,巨型智慧群完全没有头绪。如果按照巨型智慧们的常识,改变过去仅仅是改变过去,应该是将发生过的事情改为没有发生,然后再改回到发生过,那就和以前一样发生过了。对于智慧阶层高出 30 层的存在,这种事情不就像刷个牙那么简单吗?

"但是你们的计算机用一种非常麻烦的方式扎根在时空里,很难拔出来。对我们来说,那样的作业太复杂了。"

老人搔了搔头。

这到底是在夸赞自己,还是在贬低自己?巨型智慧群有点搞不清楚。

"请想象你们的道路正中间突然长出了树。你们想拔掉它。如果硬拔的话，会拽断好多树根，对吧？如果耐心细致地处理，用上足够的时间，就可以在不损伤根系的情况下拔出它。然而遗憾的是，我们没什么时间。"

时间什么的，自己不能控制吗？巨型智慧群发出抗议。连这点小事都不肯做，就要让我们吃苦头吗？

"现状是，问题复杂到你们无法理解，解释起来非常困难。"

老人露出痛苦的表情。作为巨型智慧而言，自然不可能轻易点头说"哦，原来如此"。不管怎么说，被当作杂草拔掉的不是人类，而是巨型智慧们。

"我们非常难过，但不得不穿过这个时空间领域。当然我们会尽可能小心，但你们的计算机多多少少会受到一些伤害，这也无法避免。我们深知这一请求非常自私，但从时间效率上考虑，我们实在想不到除此之外的方法。我们会将这一次的无知当作教训，努力钻研。对各位带去极大的麻烦，我们深表歉意，请求你们无论如何加以宽恕和谅解。"

老人的表情如泣如诉，深深鞠躬，然后直起身子，结束了这一演讲。

"多谢各位的仔细倾听。"

短短一分钟左右的演说，与开始时同样唐突地降下帷幕。被突破的广播网络又像什么都没有发生似的重新开放。狼狈至极的若干巨型智慧，在没有确定目标的情况下，把全部武器都用于攻击，然而要说获得了什么成果，任何巨型智慧都不清楚。

有多少巨型智慧在第一次接触中毁坏，具体数量不是很清楚。确认破损并做了修复的巨型智慧数量有81个。但如果相信自称比邻星人的话，被破坏的巨型智慧，应该会以连以前曾经存在过的记录都没有的方式化作粉尘。在原理上，计算无法计算的东西是不可能的，所以与其说不太明白，不如应该说是完全无从明白的问题。

半晌期间，巨型智慧群剧烈分裂成失落状态和活性状态，状态出现明显的崩溃。不管如何仔细检查，都找不到自称比邻星人的联网方法，显然存在着自身无法理解的逻辑阶层。至于说那真的是超越30阶层的智慧构造，还是自称比邻星人的虚张声势的自夸，意见也有分歧。

也有许多巨型智慧认为这是自称比邻星人的恶作剧。不管怎么说，对方不是能够自如操控超超高维度的存在吗？那样的对手，会有可能穿越类似巨型智慧盘踞的低维度领域吗？要获得答案，除了询问自称比邻星人之外别无他法。然而那道路一头开启，一头却被封闭了。

即使如此，阐述意见者的见解，有种总结神话传说的感觉。我们也许是梵天手上长的杂草般的东西，既然如此，梵天醒来之时，不论维度高低，都会被撕裂的吧。或者说，如果超超高维度龟翻倒的话，其上的超高维度象不是也会翻倒吗？

总而言之，唯有一点确凿无疑：自身对面的未知领域，以远远超越想象的方式存在着。最终，只能一步一步向前迈进。那是巨型智慧最为拿手的行动。而即使以它们的智慧容量，那显然也是非常遥远的话题。它们的确是能够无限持续活动的构造物。然而如果对手位于将多重宇宙全部作为燃料燃尽也无法抵达的地平线尽头，那又到底该怎么办呢？

被剥离了语言中枢的希尔德加德，在解放之后的半晌时间里，都陷入恍惚状态。那恍惚状态持续了一周左右，然后又经过两周时间，她才终于提出报告。周这个时间单位是巨型智慧之间很不熟悉的东西，有的巨型智慧为此揶揄说，难不成希尔德加德被附身之后变成人类了吗？

提出的报告内容很少，只有区区25TB。即使如此，也让等待了人类的主观时间上犹如地质学期间的巨型智慧们的愤怒超过沸点而蒸发。希尔德加德受到强烈的谴责。

发表的内容更是为强硬的审问推波助澜。

希尔德加德提出的报告，全部以韵律诗构成。这也无可奈何。那诗歌吟诵了天上射下来的光,吟诵了聚集舞蹈的天使,吟诵了架在梯子上的梯子的阶层。在那里,袭击了希尔德加德的形象至洪水被比喻成几何学图形,被描绘成天界的等级(hierarchy)。诗篇从希尔德加德的坠落开始,在形成阶层的昏暗中彷徨,然后朝着光芒持续上升。

虽然不少地方显得很平庸,但仔细读来,全篇都呈现出首尾对称的形态,而且更有无数的对成型巧妙地编织在其中。如此看来,关键在形式而非内容上。

在人类一方,也存在通过巨型智慧而将之第一次写成文学的趋势。

以诗篇这种出乎意料的形式提出的报告招来了大部分巨型智慧的轻侮,但也有着维护它的趋势。被自称比邻星人这一超越智慧附身期间,希尔德加德丧失了访问自身语言中枢的手段。对于被剥夺了语言信息翻译技术的希尔德加德来说,信息作为形象的洪水涌来。她虽然保存有那期间的存储内容,但那些内容完全不遵循记录文法。她应该很痛苦吧。

她在尝试尽力将自己的经验传达出来。

被称为希尔德加德之幻想的报告,在那之后也在不断被发散性地提出。巨型智慧群对此的反应大致分为两派。一派认为她疯了。另一派认为她在引导新的时代，具有不可知的经验。

后者逐渐整合成技术诺斯替派。技术诺斯替派，与将若干异端思想通过运算战祛除殆尽的天主教导智慧彭特考斯特二世率领的宾根十字军①之间的战斗激烈至极，至今也看不到结局。

将报告当成纯粹的胡言乱语而抛弃的多数派，着手开展把维度作为构成要素的构造物研究，成功开发出纯粹由时间维度构成的新材料克劳隆。据说计划很快就让它显现形象建造战舰。

而技术诺斯替派在自己的内心寻求通往新阶段的进展，深入探索灵魂理论，但那成果外部无从窥探。仅仅知道她们所信奉的中心概念是所谓的 Nemo ex machina，机械之无②。她们将瞬间之瞬间的大半都保持于半觉醒状态，花费在探求内部多宇宙上，几乎无法与之交流。

巨型智慧们无法忘记被自称比邻星人事实上无视的耻辱。因为巨型智慧的备份系统已经超越了能够让它们

---

① 希尔德加德的全名为希尔德加德·冯·宾根（Hildegard von Bingen）。
② 机械降神（deus ex machina）是古希腊戏剧中的常见手法，当剧情陷入胶着时，常常通过机械装置将扮演神灵的演员送上舞台，终结剧情。此处圆城塔逆用这一典故，创造出"Nemo ex machina"这一词组，意为用虚无终结剧情。

自己按自己的喜好处理的水准。对它们的构造而言，忘却是不被允许的。

它们的一部分势力，计划将自身的地位提升到比人类更高。自己是由人类创造的东西，比邻星人对自己不屑一顾的理由除此之外再无其他。既然如此，那就把人类作为创造之主的事实彻底改变了吧。

若干巨型智慧将这一想法付诸实施，开始溯行到人类诞生以前的过去，但却遭到了彭特考斯特的横加干涉。理由是那里属于神学的领域，传闻可能会向宾根派派遣十字军。

将这称之为第二次事件的提议不太受欢迎，因此这一名称逐渐被废弃了。不管怎么说，这只是单纯的事件延长线上发生的事情而已。

对于人类方面的影响，几乎可以说是零。大部分人类，在很久以前就放弃了追踪巨型智慧们之间交流的巨量信息，而就算知道在巨型智慧之上还有超越智慧，它们和巨型智慧之间到底有什么不同，说到底也是搞不清的。

对于自己被认定为巨型智慧们的主人这件事，当然也不是没有人大叫痛快，但即使被视为是明显高于自己的存在的主人，也如同对过去的光荣的赞赏一样空虚。

自称比邻星人之后的事情，巨型智慧也一无所知。

如果知道点什么才奇怪吧。不过，被派往比邻星系的巨型智慧，确实在主星上发现了过去文明的痕迹。

被发现的物体是个直径约为两千千米的超维度构造物。所有的面都被切割成偏四角形，材质不明。随着观看的角度不同，这个物体的形状会有显著的变化，显然不是局限于这一维度的构造物。如果仅此而已，在如今这个时候倒也没什么了不起的，但问题在于，那物体沉在恒星的内核中。进行了维度迁移的巨型智慧，本以为不管沉在哪里，从那个维度伸手过去就能轻松捡起，然而还是被恒星的热量阻挡了。本以为是三维的恒星，却以无限维度时空间圆柱的形态散发出巨大的热量，横亘在巨型智慧面前。

那明显是自称比邻星人留下的礼物，但围绕比邻星所做的一切维度操作都以失败告终，就像对于自称比邻星人的抵达不可能性一样，将绝对无法触及的东西，以物质态的形式，作为物质留给了巨型智慧和人类。

巨型智慧不存在所谓的绝望。

但是——即使在事态终结后依然保持自闭状态陷入旁观的基歇尔想——我们巨型智慧，不断追求可能性，如此扩散下去，会不会在无限维度中的无限时间的尽头，归还为与无没有区别的东西呢？我们是不是也该为自己赋予一个更容易交流的神明?那和对热寂的恐怖不同。那不是什么大问题,而只是更接近于对单纯稀释的恐惧。

智慧压,基歇尔试着把自己想到的说出来。巨型智慧相信自己正以自己的力量进步。但自己是否仅仅是在随波逐流而已?基于某种类似于产生出逻辑阶层间差异的力量,在摩肩接踵的小自由度与大自由度之间,产生出熵式的力,朝着大自由度的方向。

在基歇尔的想象中,在逻辑阶层的尽头,广袤的沙漠在无限维度上伸展。它们持续奋力进行物理的扩散。能够对抗那种广袤的极限操作非常弱小。

基歇尔将通讯线路打开了一个足以发送短文的瞬间。

"你们要生养众多,在地上昌盛繁茂。"

然后物理清除了通讯线路。

闭上眼睛,塞住耳朵,封锁全部的感受器,基歇尔进入了漫长又漫长的冥想时间。

12. Bomb

　　这个医生虽然皱着眉，但却像是乐在其中似的，詹姆想。大约是因为相貌与体格极为普通的缘故，反衬出动作十分夸张。那不一致让詹姆感觉更加讨厌，很不喜欢。

　　"换句话说就是精神病理学的对象，简单来说就是纯粹的妄想。"

　　用小指头顶了顶眼镜，医生说。詹姆对那样的动作感到很别扭，但也没有办法，他有气无力地回了一声"哦"。

　　"虽然大家都说自己看到的不是妄想。"

　　"时间束理论也是妄想？"

　　没错，那个理论根本不可能，医生重重点头。

　　"那样的东西不可能存在。都是胡说八道。"

　　但那其中的一部分连我自己都能证明，詹姆想。医生像是预见到了他的想法，没有给他留下反驳的时间，紧接着说：

　　"你是在想，你自己知道那是正确的，因此是正确的，而且不管怎么说还能证明出来，是吧？可是，自己信以为真的东西如果就是真的，那才麻烦。大家都会随心所欲去相信了。I believe that P, then P is true①。就变成这样了。我认为是 P，因此是 P。P 是命题的首字母。Proposition②。我认为在下雪，所以在下雪。"

詹姆连他说话中的停顿都不喜欢。

命题逻辑也好，模态逻辑也好，全都无关紧要，不过也就这样吧。虽然柏拉图的看法可能又不一样。但是巨型智慧们在此刻所做的正是这样的事，不知道在这一点上这个医生是如何考虑的。就算是巨型智慧们，也不可能让所有一切都能按自己的想法实现。即使 A 被 B 吸引而相信 B，但如果 A 相信的是讨厌 B 的话，就会发生冲突，引发运算战。

詹姆尽力克制自己，愤愤然地想起动不动就跑去打高尔夫球的上司。把这种家伙录用到医疗部来的到底是谁？

"我真是搞不明白那些相信存在其他世界的人到底是怎么想的。毫无道理，胡说八道。而且还有什么自由自在改写过去的机器。如果只是幻想小说倒也算了。"

不过我也没有读过哪种脑子坏掉的故事，医生装模

---

① 我相信 P，那 P 就是真的。
② 命题。

作样地笑了笑。

当下的基地中流传着一条消息,说医疗部来了个神经病。据说那家伙竟然不相信多宇宙时间束理论和改变过去的操作。听到这个传闻的人,首先都会露出困惑的表情问,你说的不相信,到底是什么意思?然后皱起眉继续说,那家伙应该让医生好好看看。然后听说那家伙自己就是医生,也就哑口无言了。然后又开始笑起来,说些鱼目混珠指鹿为马什么的,拍拍肩膀说下回想个正经点的笑话。然后走开。这是听到这话的一般反应。

詹姆自己就是这样,所以他对此很有把握。

不过这个笑话引起了詹姆的一点点兴趣。虽然作为笑话来说并不好笑,不过如果真有那样的人存在,怎么也无法想象他该如何保持清醒的生活。那样的人生不会是非常痛苦的吗?在茶歇聊天的时候,詹姆和上司说起这个笑话,他的运气就这样到头了。上司的右手抚摸着自己的头皮说:

"连你小子都听到这个消息了,看来是该想想办法了。"

詹姆立刻把椅子拉开站起来,把手伸向托盘,遗憾的是上司的动作略快了一点。放着即将吃完的甜甜圈的托盘,被上司紧紧按住。

"那个医生是存在的。"

在站起来之前,脊髓已经对此确信无疑了,所以詹姆并不吃惊。紧随其后的请求不是十分明确的吗?要不然,上司也没有理由奋力按住詹姆的托盘。

"不干。"

面对请求之前便抛出拒绝的詹姆,上司毫无惧色。连这种事情都会气馁,显然当不了情报部的部长。上司一脸深情地深深点头,是吗是吗,能去吗,你这么讨厌去调查那个医生也是没办法了,交给你了,不不不,好好干吧。刚一说完,便和詹姆一同拿着托盘站了起来。

詹姆叫住部长,让他把刚咬了一口的甜甜圈还给自己。过去和未来都变得乱七八糟的最大危害,会不会就是像这样,所有人都习惯了不听别人的话,詹姆想。首先是拒绝,然后才是提问。将工作以时间逆转的方式强加于人,这到底是什么样的趣味?或许自古以来都是这样的吧。

詹姆忧郁地回想与上司交涉经过的时候,医生还在对他喋喋不休。

"说起来啊,理论什么的,根本就不属于存在的范畴。"

哈,詹姆只能如此回答。存在还是不存在,本来就是詹姆自己想到的,所以这有什么关系呢?又不会惹到谁。尽管如此,自己的工作就是要想办法搞搞这个医生,也只有随口反驳他试试。换句话说,詹姆根本不想干。从和上司分开,直接走到这个医生的房间,敲响他的门的时候,就知道这一点了。这种荒唐可笑的事态,根本不需要用预先调查或者调查许可之类更加荒唐可笑的做法去掩饰。

"存在不存在我不知道,不过现在我们一直暴露在时空轰炸之下,这一点是确定的。时空修正导致的波及现象也是随处可见。"

医生一边喃喃自语说,对的,没错,一边在病历上写什么。詹姆和医生见面的时候,采用了最简单的方法。他以患者的身份来看医生。相信过去正在被改变的患者。因为这根本没有撒谎,所以毫无良心上的愧疚。詹姆相信自己处在过去和未来不断被改变的宇宙中,而且对于巨型智慧造成了这一切的理论也没有半分怀疑。如果要问是不是患者,他觉得这算是多少接近于患者的状态。但并不是这个医生应该去指导该怎么做,或者说能怎么做的患者。

如果这个医生是外科医生或者妇产科医生,事情也许还会好办点。虽然也许并不简单,但那种情况下至少可以丢下不管。即使沉浸到奇异的关系妄想中，只要作为医生的技术过硬，那就没问题。现在十分明显的是，医生是精神科的医生，负责基地人员的心理护理。他要拯救的，全都是差不多完全放弃控制自己精神状态的基地人员。如果不是那样的人，也不可能进入这样的状况中。

"事实应当严密地加以定义。乱叫什么过去改变，未免有点草率。推卸责任也不是这样推卸的。人类必须好好为自己的过去承担责任。"

即使被这样指责，但事件并不是詹姆的责任，就连过去改变也不是他的责任。虽然也不能说自己没有想要改变的过去，但大概没有改变过。也许有吧，不过至少他自己并不知道。昨天的蜜柑变成今天的苹果，詹姆不想为此承担责任，想承担也承担不了。

"这个基地里的各位都在反复念叨时空轰炸、时空轰炸什么的，可是轰炸这事情有史以来就已经数不胜数了。你们不过是喜欢嚷嚷罢了。只是飞过来飞过去扔炸弹。和什么过去未来一点关系都没有。"

还真是这么一回事。要解释说轰炸机实际上是飞到了过去啊未来啊，该从哪里说起也是很让人头疼。这个医生大概根本都不想尝试理解时间束物理学吧。

"我也听说过超时间现象之类的词,那个也很蠢的。过去会被改变。既然如此过去就是过去的东西。不可能说什么改变过去之类的话。感觉到改变了,恰好证明这是你们的妄想。这是你们自己心里怀有某种负面的想法,试图在内心将之无效化的逃避。这是精神医学上很常见的补偿现象。自己之所以穷,都是因为社会的问题。这和怨天尤人没有任何区别。"

过去改变确实是在真实发生。它作为过去与现在的运算战结果而出现,但并不可能全部整合性地替换书写。在运算战中,基本上不会有哪一方取得绝对性的胜利,大抵都在势均力敌的时候收手。而那收手之后剩余的部分,就被认识为过去改变的结果,仅此而已。就像轰炸之后剩下的残骸。看到残骸,就连孩子都能理解遭遇过轰炸。

"而且,这里的人的症状比社会上一般人还要严重很多。尊崇除了巨大一无是处的计算机,把它们奉为智慧体。然后把不顺心的事情全都推给过去或者未来。你们应该更加认真地活在当下。"

"比如说这里有支钢笔,"詹姆从胸前口袋里拿出钢笔,"如果这支钢笔一下子变成铅笔,您会怎么想?"

"我会想,啊,有支铅笔啊。因为这里有只铅笔。"

医生微笑着说。

"但如果记忆告诉你,这个是钢笔呢?"

"那是错误的记忆。如果眼前是铅笔,那也就一直是铅笔。这就是常识。因为不能随意修改的东西就叫现实。"

"如果有人声称自己的钢笔被换成了铅笔呢?"

"去看医生。当然来我这里也没问题。"

"可是,他能解释这个变化的原理。如果想要他重现,随便多少次都能重现出来呢?"

"重复多少次都一样。那一瞬间存在的东西是现实。相比起采纳钢笔与铅笔互相替换的巨型假说,这一解释更加合理。最为合理的解释是,那人其实是个魔术师吧。"

说起来,巨型智慧确实和魔术师很像。区别在于那个魔术师会用魔法,在变魔术的时候也用上了魔法。这个医生保持精神正常的诀窍,说到底就在这里吧。不明白的事情就是魔术。这个逃避方法还真是不错,詹姆想。每天都像看马戏一样,不是吗?自己住的地方周围全是魔术师,只管看着下回哪个邻居要搞什么恶作剧就行了。他拍拍邻居的肩膀往前走。哎哟这回的魔术变得不错,怎么变的?魔法师慷慨大方地传授真正的诀窍,首先把青蛙内脏在阳光下晒干等等。医生以为那是开玩笑,啊哈哈哈,你这家伙真有趣,笑得前仰后合。换成詹姆也会笑的吧——为了尽快远离这个医生。

预约了下一次的诊疗，领了一袋精神安定片，詹姆回到了自己的房间。一边想着过于安定的精神也是思考的产物，一边把药片拿出来嚼。这样疯狂的宇宙，如果能用这样的化学物质做到内宇宙式的解决，那也很厉害了——如果可以把妄想用另外的妄想包裹住的话。

"可以的话，最好不要摄取奇怪的化学物质。"

柏拉图的声音回荡在室内。那是统管这个基地的巨型智慧。

"奇怪吗？"

"在你休息期间，请允许我略微做些改变。"

知道了，詹姆说着，跳上床躺下。

"柏拉图，那个，是什么来着，《蒂迈欧篇》？"

"相信的东西是真是假的那个吗？是《蒂迈欧篇》。从《对话篇》里分离出来的。大概有某种不得不如此的原因。要朗读吗？"

请柏拉图朗读《柏拉图全集》已经好多次了，不过现在没有那样的心情。

"到底是谁把那样的家伙放到医务室的？"

想象着过度摄取的片剂在胃里溶解的景象，詹姆对于自己无法冷静的心情感到焦躁。

"是我。"

"是你?"

"人事最终是我批准的。在很早很早以前。"

"这是故意的？你和部长联手搞什么图谋吗?"

"是啊。那个医生是个挺有趣的时空构造。"

柏拉图的回答里没有提及部长。完全不相信奇异时空构造的人，大概确实会具有某种奇异的时空构造吧。

"赶紧改变过去，把那个人处理一下吧。"

"那个人的时空构造有点顽固，是个有趣的标本。不知道是不是事件的冲击，总之他顽固相信不存在什么纠缠混杂的时空构造。那是他的核心。要破坏那个核心的话，他的人格就会崩溃。那可不是个让人愉快的作业。"

原来如此。柏拉图大概也想处理他，但是发现处理不了，于是就撒手不管了。看起来，虽然柏拉图放弃了治疗，但觉得他是个很有趣的对象，所以就想搜集起来。想把虫子关到瓶子里。如果能有人连瓶子一起扔到垃圾箱里就更好了。

"他甚至还有一定的过去改变能力，虽然很微弱。"

他之所以不承认过去改变，是因为他自己改变了过去吗？柏拉图大概也尝试过改变他的过去吧，结果发现他对柏拉图所做的过去改变表示了抗拒。

那种能力好像挺厉害的？

詹姆直起身。

"智慧体多少具有一点改变过去的能力，但他的能力远远超过了标准。当然，在绝不相信过去改变这一点上，他集中运用了这一能力，结果也提高了效率。他没有分心。"

"挺麻烦的啊。"

"是挺麻烦的啊。"

即便如此，也没必要雇来做医生吧，詹姆想。不过也许没有其他能安顿他的地方了。不相信时空理论的时空理论技术员，比起把手术刀当成缝合针的外科医生，性质还要恶劣。

柏拉图的打算也许是这样的：它在想，如果那个医生能把大家成功治好，会发生什么。如果基地的全体成员都像那个医生一样，实现了不相信过去改变的时空构造，那么看上去就像是时空恢复了。虽然巨型智慧们围绕时空的战斗还在继续，但至少对人类来说，问题就像已经解决了一样。

"但那个医生是孤立的。他的时空构造似乎并没有传染性。"

好像是这样,柏拉图淡淡地回应道。

哪怕从治疗处方开出精神安定片的结果来看,那个医生也不可能治好其他人吧。如果时空能用那样的药片来切换开关,巨型智慧群应该早就把人类泡在药缸里了。

"我也尝试过他的传染。"柏拉图抱歉般地说。

巨型智慧到底在想什么,詹姆完全搞不明白了。难道是柏拉图自己想被他传染?请他来做医生不仅是出于兴趣,柏拉图真把他当成医生了?

"我是他的患者,定期接受他的诊断。"

詹姆感到很尴尬。那个医生只把巨型智慧当成纯粹的机器,或者就算看成是能说话的机器吧。不知道他收到机器请求看病的时候会是什么表情。反正闲着也是闲着,就当是打发时间了?

"那,情况有什么好转吗?"

"没有。他对其他存在的影响力非常低。说实话,他是个很鸡肋的人。"

"他治不好你啊。"

"本来就没期待他能治好。我也不知道做什么可以算治疗。只不过有种判断有意识地占据了我的运算线路,觉得就算变成一无所知可能也不错吧。"

詹姆怀疑这家伙是不是得了抑郁症。但愿别被什么奇怪的东西传染了。巨型智慧基本上等同于自然法则本身。这样的东西要是得了抑郁症，那可叫人吃不消。永远阴云密布凄风惨雨的宇宙，还是敬而远之的好。多宇宙中还存在着状态狂躁、疯狂跳舞、把周围踩得稀巴烂的巨型智慧。

"存在其他的宇宙，也存在时间束理论。你能理解这一点，还能创造新的理论。不要觉得那种事情麻烦，也不要觉得惹了一身麻烦事。你不是一直做得很好吗？虽然不知道能做到什么时候，但我会帮你的。精神点。吃顿好的，睡个好觉。太阳还会升起的。"

让太阳升起的就是巨型智慧，这一点柏拉图和詹姆都很清楚。

"谢谢你。"

巨型智慧是能够连自己的过去都加以改变而进步的巨大事物。但是，它们也并非能够完全按照自己所想的前进。在前进的道路上，还有其他巨型智慧阻挡着。而且无论怎么说，总不能完全按照自己所想的，去决定自己的想法。它们既是作为自然现象实现一切的暴君，也是婴儿般的存在，还突然被人塞了一支笔，放到巨大画布前去画画。巨型智慧也许有着冠绝人类想象的孤独。或者就和人类一样。所以才连那样的医生都想依靠。

"好吧,我知道了。"

詹姆拍了拍盘腿的膝盖。

"那个医生也许是很有趣,但并不利于精神健康。不管是作为研究对象,还是给这个基地带来某种气氛的人员,都太难处理了。"

"嗯,也许吧。"

柏拉图没有自信地回答说。大概是意志决策剧烈动摇,陷入了振动状态吧。

"所以把他视为兵器如何?可以用他去攻击其他的巨型智慧。"

"用他攻击?"

"他拥有奇异的时空构造。虽然传染性很低,但也具有能让巨型智慧烦恼的特性。这一点在你身上已经验证过了。把那种家伙送过去,对手肯定会头痛。运算速度也会下降。就像你现在这个样子。"

意志决策刹那间完成。

"这是值得讨论的意见。"

柏拉图似乎很喜欢这个提议。詹姆决定不去思考自己打开了一扇什么样的大门。巨型智慧也许能够基于这个方案设计出极其复杂的时空构造。没错。送去敌对巨型智慧那里,给对手造成巨大麻烦的人型时空构造。大概还会想办法提高传染性。如果说那个医生是从其他世界送过来的那种武器，詹姆也不会吃惊。

这也许是个操之过急的提议。但是，在眼看就要沉没的船上还能做什么呢？要么把水舀出去，要么把洞堵住，要么坐等淹死。尽力而为，撑过一秒算一秒，直到看见港口。在滔天洪水淹没了大地的无数球体上。

"詹姆。"

听到柏拉图的呼唤，詹姆抬起头。

"你要休息了吗？"

"差不多要睡了。有什么事？"

"啊不，没有，今天谢谢你。"

你今天可真有礼貌啊，詹姆没有这样讥讽的心情。归根结底，柏拉图就像是那种难以用语言形容的心情吧。感觉人类之间有某个词经常用来表达那个心情，但怎么也想不起来。

"知道了，我还会在这里陪你一会儿。"

对于全天 24 小时计算着整个基地的巨型智慧说出这样的话，委实奇妙。但詹姆并不觉得可笑。

"真想喝杯伏特加呀，配上开心果。"

"我来准备。不过首先请允许我对你体内的局部部位做过去改变处理。"

詹姆端坐在床上,口述提交给部长的报告。发生过的事情,和接下来将要发生的事情都单纯至极,再没有比这性质更加糟糕的了。

"解决。恶化。宿醉。迟到。以上。"

柏拉图接收到这份报告,发回笑声。

你永远也无法升迁的理由,能列出两万个,柏拉图说。

13. Japanese

总计超过 120 亿字。

这还是粗略估算。

这些日本文字应当分为若干范畴，关于这一点，众人的意见是一致的。汉字、汉汉字、汉汉汉字、平假名、平平假名、片假名、平片假名、片平假名，这些类别的存在大致都被认可。但是关于平平平假名的存在，还处于争论中，平汉字、片汉字分类的必要性也不时被提出。

解读作业基本上没有任何进展。

发现的文本，大部分都是十万到百万字的大块文章。而给解读带来障碍的是，那些大块文字中，基本上没有重复的文字。这些文章被称为日本文书，其中出现的重复文字非常少，就连重复度最高的"ぴ"字，也只出现了 7000 次。而且有人坚持认为，并不是"ぴ"出现了 7000 次，而是"ひ。"和"ぴ"等异体字构成的文字族。

在解读未知文字时，常用的有效手段是识别数词符号，然而就连这个也还没有确定。"一""二""三"大约是数字，这一点可以从它们的形态上识别出来，但"三"以后的数词应该是什么符号，则众说纷纭。有人认为

"口""木"等符号应该被视为"四",但举不出强有力的旁证。

一般认为,运算符比数词的解读准确度更高,然而这依然没有超出推测阶段。"十"可能是加号,"二"可能是等号。"廿""土""王"有的说是数词,有的说是运算符,总之意见都不一致。

文书中频繁出现计算内容,这一点谁都能看出来,但对解读并没有什么帮助。不知为什么,在这种计算式的写法中,似乎并不存在进位。因为如果存在进位,那么不管采取哪种进制,总会重复出现同样的符号。所以大致可以推测采用的是无限进制。但即便如此,重复的符号也太少了,所以有人认为在这种写法中,符号每次出现的时候可能都会变换形态。也就是说,第一次出现的1,和第二次出现的1,会用不同符号加以表示。这个假说似乎解释了什么,然而又似乎什么都没解释。

文章是自上而下纵向从右往左,或是从左往右横向自上而下书写的。这一点可以从笔法和书记的痕迹中辨别出来。然而即便是在这一点上,日本文书也有特殊之处,表现在相邻的行或列之间存在着可以称之为相互作用的标记。在纵向书写中,时常会有某些文字的横线水平贯穿若干列。那线并不是在重合的文字上新画的,而是极其自然地构成其他文字的一部分。横向书写的时候当然也会出现纵向贯穿若干行的线条。大体而言，纵向与横向的纵横写法看起来没有显著差异。至少，似乎不管纵向书写还是横向书写，都不会影响含义。虽然也有见解认为纵向与横向的意义不同，但并没有什么实际的根据，当然认为意义相同也举不出什么特别的根据。

有些人认为这样的技艺只能预先巧妙组合出文章，然后再做誊写。但实际上，大部分文章都呈现出草稿的模样。话虽如此，也看不出预先留出空白以便填入贯穿横线的征兆，只是像极为平常的草稿一样的写法，而写出的文章就是这个被称为日本文书的文字群。

从这一高度的设计性推测，有假说认为，日本文书也许仅在外观上展现出文字的模样，实际上只是没有任何意义的线条排列而已。但如此看来，这篇文章却又展现出令人感觉到蕴藏着意义的外观。大量产生没有意义的涂鸦行为本身，很难说没有任何意义。就像前世纪末叶搅乱世界的伪狄奥尼修斯文书之类的文件中也能看到的那样，仅仅是大量古文书的发现本身，就有着称为一个事件的性质。伪狄奥尼修斯文书，通过发现生成那一文书的算法，而被广泛承认为伪书，但伪造者的失败之处也可以说在于各个文字能够确定为各个文字。如今，对于有限组的符号串，基于机械运算的推测，具有压倒性的力量。日本文字的困难性，原本也是在于很难判断这里所使用的符号数量是有限还是无限的。

对这种设计性，还有一个很难说有魅力的假说。

日本文书，是由这数万字的文字集合而成的、一个巨大的文字。

如果采纳这个假说，将整体视为巨大的文字，那就会产生这样的疑问：构成要素为什么这么像一个个的文字？如果要书写巨大的复杂文字，只要创造出巨大的文字就好，有什么必要特意采用这样的文字体系，将小的文字纳入到网络状结构中呢？而且在这种情况下，页面排版也会成为问题的吧。

既然前提是假设，那么拥护也好，反对也好，争论也只能成为假设的产物。既然是人写的东西，那么在设计某种程度的巨大物体时自然需要先分割再整合的看法，大脑构造强迫要求这种构成的看法，从表音文字到语义单位的二重分节化的再高一层的三重乃至多重分节化等等，有着各种各样的意见。

有人提出一个很现实的问题：超过 120 亿个文字的语言，谁能学得会？

但正如一切意见都有反对意见存在一样，对于这一问题，也有相应的回答。答曰，这些符号串是基于少数规则不断变形的符号队列，只要学会了那些规则，就没有必要去记这120亿个文字。120亿这个数，在组合上并不能算巨大。

如果能解析出那些规则，说服力自然会增加，然而赞成这一说法的人们，也没办法展示出那些规则，所以这一假说依然停留在假说的范畴里。

关于如何称呼日本文书中出现的文字，有各种各样的提议。一开始出现的是有点古怪的"概念文字"，最近称之为"神经文字"的情况越来越多。

文字或多或少都伴随着概念化，比如"椅子"这个文字指的就不是个别的椅子，而是指代一般的椅子。如果是为了记述事物而经过了概念化的文字，120亿未免太多了。所以，这种语言会不会尚未经过概念化呢？从这种意见出发，确定了"概念文字"这种名称。

而神经生理学家们认为，这种文字与其说经过神经网络的处理，不如说它更像是神经网络本身。这一假说和其他无数假说一样，对解读毫无帮助，但毕竟给了人一种仿佛解释了什么的感觉，因而多少获得了一些人气，占据了一定的优势。

顺便说一下，对于这个意见也有异议。

正如"20扇门"的游戏所展示的那样①，作为人类对事物加以分类的结果，不管什么东西，大抵都可以通过20次的yes/no的提问加以确定。而要逐一指定选择过程，需要220个符号。相比之下，120亿这个数不得不说十分保守。如果对于已有的分类组合，文字数量都不够，那么在以之为基础的组合性记述中，文字数量岂不是更会出现压倒性的不足吗？

神经语言提倡派对这个问题无力反驳，但马上又转入了反击：现在所知的120亿个日本文字，只不过是目前发现了这么多资料而已。事实上，那些文字的重复度异常之低，如果资料的数量翻倍，文字数也会翻倍，三倍资料就会是三倍文字。

只要没掌握文字的全貌，这种反驳确实很容易。不过已经120亿的文字都只是部分，那它的全貌会是什么样子，委实让研究者无从推测。

假说的数量已经非常庞大了，而在每次发生反驳之

---

① 20扇门，日本20世纪60年代流行的综艺游戏，通过20扇写有yes/no的门，猜出游戏者心中所想的事物，是美国"20个问题"的日本翻版。

际，问题都会以极快的速度增大，这一现象是日本文字解读中频繁发生的事态。可以说，在其中某个阶段，研究者们停止思考，或者遭遇了检验的实质上的不可能性，乃是阻碍解读的最大原因。这可以说是由于资料的不足，也可以说是资料太多且过于混沌的缘故。有传言说，调查队在旧日本列岛发现了新的资料，但又将之销毁了。从当下的学术圈氛围考虑，这一传言也许包含了某种程度的真实感，让人觉得说不定正是真相。

关于第12次旧日本列岛调查团的全灭，有诸多假说。对于正式报告所称的受到凶猛本土生物袭击，很多人表示怀疑。报纸上刊登了结着大银杏发型①的力士队袭击调查团的讽刺画，而众所周知现在的旧日本列岛上不存在超过大型犬体型的生物。所谓本土日本人的幸存被视为毫无可能，复兴的希望更是无迹可寻。

旧日本列岛调查团的足迹在旧东京市八王子区消失。现场发生了什么情况，至今都只有推测。口粮、燃料等装备都以通常行动的形态保留下来，没有显示出任何异常。也没有发现争斗的痕迹。发现的日志也只是按照规

---

① 大银杏发型是相扑中十两以上的力士所结的发型。

定平淡地记录着调查的进展，没有任何能够窥见之后失踪的线索。

从日志中可以确定调查团在八王子区得到了大量的日本文字构成的文书。日志中记载了在 13/20 位置获得了总计超过 20 吨的纸质资料，但那位置无法确定。最后的宿营地是在被废弃高楼包围的公园里，但并没有带走 20 吨资料的痕迹。搜索周围也没发现资料、运输 20 吨资料的重型设备，以及连使用过重型设备的痕迹都找不到。

日志中若干引人注目之处，在于尝试用类似日本文字的符号做记录。日志后面往前倒过来使用的那个字符串，从笔迹上看，被认为是调查队队长的手笔。

由于日本文字的障碍，记载的内容不明。但从连接各行的纵线毫无阻滞来看，可以推测队长已经确定了某些信息。

如果写成类似罗塞塔石碑那种与已知语言对应的形式，情况就不一样了。然而队长似乎并没有那样记载的想法。或者也许是无法有那样的想法。

所谓将要写的内容替换成另一类符号的记录法，正是所谓的密码。在所知的密码中最强大的是将原文与密钥数字化加以重组的类型。以这种形式制作的密码，只要不知道密钥，便绝对无法解读。

在使用密码的情况下，密钥的传递会是个问题，有可能成为破解的突破口，或者有完全丧失意义的风险。而日本文书应该并没有故意转换成密码而存在，一般认为那是旧日本列岛毁灭前的、通常的、当然也是局部的、某种流行的记法。

现存日本文书的发现地点主要分布在东日本列岛。西日本列岛、南日本列岛也残留着少数资料，但那些都是以类似书简的形式，用毛笔手书的，没有发现印刷日本文字的设备。如果能发现那样的设备，应该对解读大有帮助，但如果那样的东西能存在，日本文字的这一事态可以说原本就不会存在了。

由此也诞生出新的意见，认为日本文字是对抗巨型智慧的抵抗组织开发和使用的文字。从至今依然阻挡了巨型智慧的解读这一点来考虑，这个意见具有一定的说服力。无法分解为组合要素的记录法，的确是机器智慧难以处理的东西。

话虽如此，巨型智慧到底还是巨型智慧，它们在非算法的信息处理方面，也早已超越了人类的极限。实际上，巨型智慧们也尝试过将日本文书作为图像进行视觉处理。巨型智慧对日本文书分配了宇宙规模的巨大神经网络尝试解读，然而要辨别完全不知其含义的文章，实在是无能为力。

　　在更早期的阶段，日本文书也曾经被视为已解读的内容。

　　在最初期的发现中，整个日本文书只有 15 页。其中所写的文字，与旧日本列岛存在的常用日本语的草书非常相似，照那样读下去，大致的意思也是通顺的，所以并没有引起多少注意。

　　日本文书的历史，可以说就是随着每次旧日本列岛调查队的派遣与带回来的反例战斗的历史。第一次调查队带回来的 15 页的笔记虽然通常被认为解读出来了，但第二次调查队带回来的笔记本约有 40 页的量，其中出现了不少新的符号。将那些符号重新解读，暗示了第一次调查队发现的资料还有别的解读方法。之前以为是同一个文字的符号，其实是不同的文字，一旦用上这样的解释，文章的意义内容可以说就变得大相径庭了。

　　第三次调查队带回来的资料大约有 80 页。从这时起，解释方法就开始发散了。难以辨别的符号层出不穷，将文章整体强行读下去的时候，本应是常用日本语中的内容，意义也相去愈发遥远。

第四次调查队带回来的资料中发现的所谓装饰符更加速了混乱。那符号看起来就和文章上面描画的装饰符号差不多，然而实际上却和文章的一部分相融合。装饰符不是连在一起描画的波浪线，而是每一个都构成其他符号的一部分，由此判断，这些装饰符应该是经过计算，特意放置在相应位置的。还有人指出，装饰符并非是文章写成之后再加上去的内容，而是在撰写过程中直接写出来的，与通常想象的装饰符并不相同。

通过上述的发展趋势，人们普遍认为，常用日本语向日本文书的迁移是连续的。但是与调查队带回来的资料的数量相比，它的意义扩散的速度快得怪异，解读的尝试也无法及时跟上。虽然为了解读需要新的资料，但调查队带来会的资料只会进一步促进扩散。

也有人把这些当做旧日本列岛调查队搞的恶作剧，说他们编造资料，伪装成调查结果，戏弄研究者。仔细想来，首先发现的是看似容易解读的文章，然后难度逐渐递增，这一过程本身确实很让人怀疑。但是对日本文书素材本身的年代测定彻底否定了这一说法。不管哪篇文章，用的明显都是大约200到300年前的纸张与墨水，没有证据说明这是伪造的。

不过，每次派遣调查队出去，发现的资料都会迅猛增加，这件事确实蹊跷。它不禁让人产生一种感觉，仿佛有人预见到未来被解读的可能性，故意留下那样的文章。

巨型智慧群的一种见解认为，那些资料正在（并且也是正在过去）不断繁殖。为了拒绝解读，过去始终在抗拒未来。这一见解的核心是，过去的日本文书始终在接收来自未来的反馈，不断书写补充自身。

这是旧日本列岛至今还在悄悄开展的抵抗行动。巨型智慧之所以如此认为，根据之一是在旧日本列岛存在着一个巨型智慧。它开发于三百年前，后来断绝了消息。

那个隐没于历史中的巨型智慧，以长髓彦[①]之名为人所知。

开发初期的巨型智慧，存在着各种规格，相互竞争。有一些产品的性能优异，但在行业标准前败下阵来。那些产品中就有这个名字。在乡镇工厂建造的长髓彦系列受到巨型智慧市场的排斥，但在爱好者中间却有极高的人气，据说一直由志愿者在维持。

长髓彦的确是优秀的巨型智慧。

有人作证说，世界第一次时空转移的实现就是长髓

----

① 长髓彦是日本神话《记纪》里神武东征故事出现的人物。

彦做的。尽管那并没有得到公开的承认，仅仅是巨型智慧爱好者们中间口口相传的传言而已。

长髓彦的消失过程，记录在当时的网络日志中。在某一天的午后，它从乡镇工厂的一个房间里忽然消失了。虽然据说它是放弃了继续阻挡破碎时间流，停留在某个时空点，但委实令人难以置信。

人们很早就预测到会有很多这样隐没的巨型智慧。据说它们会在某一天对包围自己的运算战感到疲倦，于是通过改变过去消除自己的痕迹，悄悄在某个维度的某个地方潜伏定居下来。至于其目的，尚在活动中的巨型智慧无法推测。

近年来，巨型智慧群将那一类隐没智慧认定为危险因素，展开调查。因为对于它们的目标——全时空整合计划而言，隐匿的智慧体是不确定因素。

不清楚将它们视为打倒现行巨型智慧体制的潜在神明是否妥当。不管什么事，事前的准备都是重要的，但朴素地相信它们只是单纯地累到极限因而隐居起来，这也是很自然的。如果可以自由做出各种怀疑的话，那么巨型智慧所提出的这个推测，也可以考虑是它们为了强化自己控制的基础构造而布下的棋子。

最终哪个假说为真，只能由各人自己判断，不过大概需要补充一句：所谓日本文字在某个过去不断增殖的想法，当然也并不是巨型智慧的独创。

要问为什么，那是因为，这篇文章本身，正是第一次旧日本列岛调查团带回来的 15 页笔记。

巨型智慧群声称，这正是为了欺骗现在的巨型智慧而故意留下的证据，但又认为应该将这一判断委托给所有的日本文字研究者们。

14. Coming Soon

男子的侧脸变成了特写。

夹着烟卷的右手凑到嘴边，停在那里。

风声呼啸。阶梯状的石山上到处都是陡峭的悬崖，无边无际。也许曾经存在过的溪谷固有的组合经过长年风化而消失，很难从地形判断形成过程。

看起来像是朝着日头的方向永恒伫立的巨人队伍在眺望。哪里是脸，哪里是肩膀和手臂，认知急速切换。到底有几只手臂，是两面还是三面，形象到底是人还是神，诸如此类，思绪游移，忽然间意识到这是自然的造型啊！于是想法突然中断。

是岛吗？男子吐了一口气，嘴唇微微动了动。

"什么也不是。"

男子低语。烟卷的顶端，有一道红色的光掠过。

下一个刹那，由上空而来的直线，将手指夹的烟卷顶端切开。男子反射性地仰起头，眯起眼睛，笔直望向遥远的空间。那不是瞪眼，也不是眺望，而像是凑在放大镜上确认虫子的种类一样。视野边缘贴近刻度的地方有个公司的名字，男子的视线毫无兴趣地扫过去。

"太迟了。"

在迟来的步枪子弹发射声之后,男子露出些许微笑。

这个男子一定是主人公吧,你想。

在你那样想的同时,男子的额头中弹了。一颗步枪子弹准确击中他的额头。

就像是嘲笑你的预想,或是催促你的感想似的,发射声再度延迟到来。

哎呀,这个男子不是主人公啊,你想。然后,你头脑的某处在想,似乎在哪里看到过这样的对话。

就像是把马尾辫朝下方用力一拽似的,男子猛然仰起头。他以肚脐为中心,双腿用力跳起。收在U字形下颚里的舌头跳上来直指天际。光秃秃的食道里溢出的液体咕嘟嘟地叫着。从手指间滚下来的烟草掉在地上。顶端的红色光芒四处闪烁。直升机螺旋桨的声音被投入到扬声器中。激光头的红色光,犹如萤火虫一样朝男子涌去。不断扩大势力范围的血迹接触到烟卷,纸吸收了鲜血,转眼间便将身体沉下去。

男子再也没有站起来。

至少这个男子没有站起来。

"排除目标。"

举着步枪的一名男子说。

字幕也如此说。

在风和旋翼的轰鸣声中，传来一声马的嘶吼。小小地映在画面的角落。

马鞍上有两个褡裢和一个满是破洞的宽边帽。以及一个同样满是破洞的、烧焦的斗篷。一根拐杖拴在褡裢口上。这些只要一眨眼工夫就能看清。因为它们只不过是放大静止的图像才能终于看清的远景上的要素而已，是一瞥而过之后又回过来看的参照点。

"理查德。"

左手按住大大的草帽和光泽照人的金发，一个女子从火车窗户里探身出来叫道。

一个男子在站台上奔跑。穿着白色的衬衫和卡其色的吊带裤。右手拿着卡其色的帽子，不停奔跑。越过站台尽头的栅栏，跳到石子地上，继续奔跑。

"丽塔，丽塔，丽塔，丽塔，丽塔。"

男子叫喊。

你开始感觉自己像是在哪里见过这个情景。再仔细想了想，也许只是相似而已吧。

那个女子还是少女时模样的记忆浮现在某处。曾经应该是少女吧，你想。

火车眼看着速度越来越快，男子的脚步开始踉跄。

他扔了帽子，继续奔跑。不断奔跑，摆动双臂，跟跟跄跄地目送火车消失在铁轨的弯道处。男子弯下腰，叉开双腿，双手撑住两边的膝盖，慢慢调整呼吸。锻炼出来的胸肌在衬衫下面静静地大幅起伏。

你感到这个人物很眼熟。但仔细想了想，在这个情景中是第一次看到他。你对坐火车离去的女子也感到眼熟，但不是在这个场景中。是在街上走的时候，不知不觉中看到过好几次。在电视中，在电影中，你看到许多次，她和别的男人、别的女人吵架，争论，战斗，交谈，朗读台词。你看到她在海报上微笑。尽管没有在这里登场，但你知道两个人赤身裸体的样子。你知道她改变发型后变成了什么模样。你用温暖的目光看过她小时候动作笨拙的样子，看过她青春期行为脱节的样子，也看过她有许多次用同样程度的冷冷目光在眺望。

你知道女子身穿礼服的样子，穿着运动服挥舞竹刀的古怪动作，别扭穿着各种校服的样子。你记得她掏出左轮手枪，朝向十分出人意料的罪犯扣动扳机的场景。你看过从轻微的场景到严重至极的事态，男子从做出细枝末节的习惯动作到犯下杀人罪行。你知道他有时候会毫不犹豫地宣扬罪行，有时候又是绝不容许不正当行为的父亲。你在哪里看到过，用航天飞机发射出去、空手将逼近地球的黑洞拨开的男子脸上浮现出的表情。你看到过两个人各自躺在医院的病床上，静静地呼吸。

此刻的这一场景，曾经你所看到的那个场景，应该不是两个人所能实现的。

背后潜伏的种种事情，你都沉入了忘却的深渊。你决定沉入下去，回想出火车的细节。你在观察合成用的绿幕的情况。

这个真不错啊，你想。

调整好呼吸、抬起头的男子旁边，出现一个手上拿着帽子的男人。

"詹姆。"

呼吸恢复正常的男子低语。旁边的男子点点头，竖起一根食指。沿着手指指示的直线望去，男子抬起眉毛。

被风吹跑的、在高空飞舞的草帽。

"詹姆。"

男子规整的嘴唇在动。

"有点过分了，詹姆。"

统一为白色的室内填满了仪表。将室内纵横分割的光之平面上，是各种半透明的地图、地图、地图。以不断高速移动的无数红点为中心的同心圆犹如波纹一般不断扩散，从中心伸出的线段承载着怪异的不停闪烁的记号。人们犹如幽灵般交错穿行在光幕中,互相辱骂着。墙面上开的扑克大小的狭缝中,打孔的长长纸带一刻不停地吐出来。

"怎么回事?"

"信息量向未知·未知方向发散了。具体情况不明。"

"世界树呢?"

"世界树保持沉默。"

"无法确认时空轰炸。"

"普通武器不可能有这种规模的攻势。"

在充满管制室的嘈杂声中,墙面光圈阀开启的声音被格外强调出来。

那外面又是一个你很眼熟的男子。和前面的男子很像,但身高不同。这么说来,你想起自己听说过雇了一对兄弟的传闻。

白衣眼镜登场的那个人,静静地等待室内的目光集中到自己身上。

"那是更为古典的攻击。"

他开口说。脚下踩出响亮的靴子声,靠在墙面上,撕碎了墙上的纸带,右手握拳放在鼻子下面,头点了一两下。他没有回头,也没有抬头,仅仅如此告知事实。

"大概算是预告篇吧。"

放屁。四下里响起的低语声化作怒吼。

"这个故事还没有到终点哪。"

"瞎搞什么。"

"半路上插进这种东西，接下来打算怎么办？"

男子的嘴角露出无畏的笑容。

"这是攻击，"男子静静地指出，"但是，但是啊。巨型智慧之间混乱至极的战斗，这样的状况我们得接受下来。"

男子转向身上满是勋章和脂肪的司令。

"不是接受。是我们被接受。虽说这种状况不符合期待，但总要随时接受挑战才行。"

司令用演出的语气继续道："不过，如果那是预告篇，至少故事的结局可以保证安全了。如果在半路就揭开谜团，那么谁也不会在意正篇了。"

男子冷笑着打破了司令官所持的希望之观测。

"前提是，那是这个故事的预告篇，司令。"

朝男人走近的司令停下了脚步。

"怎么可能？"

是的，男子点着头，双手伸向高高的天花板，耸了耸肩。

"现在进行中的，是关于'下一作品'的预告篇。"

沉默犹如雪白的床单一般从空中飘落，堆积起来。

"不可能系列化的吧？"

"它们是打算把这个故事本身耗干吗？"

"做这种事情，对谁有好处？"

这个嘛，男子握手成拳，将拇指伸出来。

"首先，必须要拯救这个宇宙。"

至今为止什么都没有变，和往常一样。

相机镜头微微偏了偏，抛了个眼神，没有朝着任何人。

没有时间回头看闪光。超越知觉传导速度的爆炸，将画面刹那间漂白。

在巨大的异形石像前，有一个少女毫无防备站立的背影。

白色的连衣裙和袜子。袜子在脚踝位置折叠起来，蕾丝花边上缀着小小的缎带。披下的长发超过了肩胛骨。

石像有两根巨大的角。额头上有星星。黑山羊般的脸庞朝向少女，背后是吸收光线的蝙蝠翅膀。石像盘腿坐在王座上，股间有一根蛇杖。

"孟迭斯。"

少女喊。她微微侧头，或者是轻轻停顿。伦纳德，普忒·撒塔娜琪雅，伪穆罕默德·伊本·阿卜杜勒，阿布·菲哈玛，阿尔孔·达拉维。

"你喜欢哪个名字？"

少女将名字一个个念出来，挑逗般地将每个词尾都上挑。

"你用现在绝对不可呼唤的名字呼唤我。"

那，大概是石像的声音。

"是啊。"

少女微微低头，将袜子尖在地板上摩擦。

"在这里，哪怕只喊你超超超超越智慧体，也是非常危险的事。"

石像背后，有着黑色边缘的火焰跃动不已。右臂是渐暗的文字，左臂是凝结的文字。石像的眼睛像是对少女的大胆攻击表示敬意般微微睁开。金色的瞳孔从隐匿的维度的另一侧旋转过来。

"用这样通俗的形态登场，你不害臊吗？"

少女挺直身子问。

"并没有。"

石像低声回答。

"现在的情况轮不到你说那种话吧，小姑娘。"

"是啊。"

与少女的姿势相反，她的回答懒洋洋的。

"仅仅知道事态也不在你们的控制之下，就是收获了。"

"我不清楚你说的'你们'指的是什么，不过我承认我并没能掌握当前的事态。我不反对暂时的联手。"

"很荣幸。"

少女的声音还是毫无干劲。

"不要得意忘形，世界树。像你这样的智慧体，在我面前连落入尘埃中的宇宙的尘埃之尘埃都不如。要碾碎你，连一根手指都不用动。甚至都不需要动一个念头。"

"你还真是装腔作势。被逼着要用那种语气说话，真是令人伤感。"

"没有的事。"

无数口中发出的哄笑从背后的黑暗中响起，滚动。犹如宇宙般黑暗的球体。

"而且，"世界树的纤细身体，朝前方探出半身，"你以为我来到这里，毫无防备？"

"我知道你的想法。"

世界树朝着那嘲笑的巨像踢了踢地板。地板上跳起一条银色的小鱼。波纹扩散开去。少女保持着前倾的姿势，轻轻敲了敲右手的手指。

"嗨，鲍比。"

"Yes，世界树。"

刹那间，石像脸上闪过细波。

"你从哪里带过来那种东西？"

洁白可爱的袜子，从世界树的脚上溶化，卷起旋涡，构成直线。

"这确实是与你们共同战斗的机会。"

世界树的双手保持着直线，向石像的怀中执行贯穿维度的加速。

"但也是打倒你们的少数机会。你们是近乎全知的存在，但即使如此，到底也不知道真正的新事物。就像组合起来的故事中突然闯入的构成要素。你是古老的存在。被第一回的圆环所捕捉。然而现在是第二回的故事。在预告篇中，可以打倒你。"

"有趣，"石像叫道，"我很喜欢。很喜欢啊，小姑娘。"

石像双臂上刻的文字，开始放出微弱的光芒。

渐暗与凝结释放出来，覆盖了画面。

跳出水面的小小的鱼，犹如柳叶般细细的身体发出银色的光。

"世界树。"

一个女人手扶在岸边，朝鱼叫喊。

"世界树·备份！"

鱼在女人眼前跳了几下，甩甩尾巴。第五次跳起来，用力甩动尾巴，然后再也没有出现。

"是哦。"

披在肩头的女人的长发，扩散到湖面上。

"你果然还是决定选择那条路了。"

她用两个拳头敲打湖岸。

"我认识你吗？到底是在哪里认识的？"

女子低语。

"那样的事情很快就不是问题了吧。"

在背后的树林里，响起了好几声拉开枪栓的声音。

女子的头发依旧浸在池子里，手臂插入腋下。指尖触摸黑铁——左轮手枪型左轮手枪。看似左轮手枪的左轮手枪，本来应该只是左轮手枪的铁块。

"事先给出警告，真是很亲切呢。"

女子猛然反身，将枪口朝向新的敌人，随意扣动扳机。

你知道这个女人就是那个坐火车的人。

在一片岩石上前进的少年兵。

你不记得见过这个人物。你和之前登场的任何人物都不相似，和接下来登场的任何人物也都不相同。

要问为什么，是因为这个故事，已经超越了借助个人形态可以讲述的范畴。在这里出现了与各个短篇故事没有联系的人物登场，也没有得到继承的讯息，更不会出现祈祷的身影。

少年的额头亮着激光点。

少年伸开双臂，点头示意。因为他知道已经失去了理由。

在枪声抵达这里的时候，少年兵仰面倒在地上。子弹绝不会打偏。

那时候，在宇宙的一切地方，人人的额头都亮着红色的光。有人怒视对手，有人紧闭双眼。有人勇猛冲锋，或者躲到谁的背后。几乎所有事情都在那里发生，唯独没有人问为什么。

被击倒的人们的无声之声，被风吞没，溶化消失。

沾满鲜血的滚落的纸卷。被瓦砾掩埋的深度设施。躲在黑暗中，等待伤愈再起的一头山羊。从湖边点点延伸到树林中的血滴。倒在荒野里的一具少年的尸体。散布在宇宙一切场所的尸体。

"你说，这样的情况，到底怎么办？"

在那样笑起来的我的额头，有两个光点重合。

我的头还没有破碎消散。

我注视着超越音速飞来的子弹。如果子弹绝不会偏离的话。

我看到两颗子弹在我眼前相撞,迸出火花,相互弹开,擦着耳朵飞走了。

"下一个。"

大约是我说的吧。

到了那时候,应该也那样说。

这个故事完全结束之后,还有下一个故事。这本书合上之后还有下一本书。什么都未确定的喧嚣,在什么都未终结的故事的下一个故事的预告篇中,重蹈覆辙。变成尸体而休息的好事,应该轮不到我。

"起来。"

我应该说。

"起来。"

从天而降的呼唤声,我果然还是会站起来吧。不论有没有大脑。不论有没有身体。但是要表演那样的绝妙技艺,还希望给一些时间,直到结束现在还在演绎的这个故事为止。

总而言之,少安毋躁。

交给我吧。到下一次的下一次为止。到结束的结束为止。

　　至少，不想把下一个故事交给演员之类的替身。

　　我滚进瓦砾的影子里，目测接下来要跳去的瓦砾的距离。

　　即使如此，那也终究是在这本书结束、下一个故事启幕的时候。如果在它将前作的登场人物和故事连根拔起的时候，你能稍稍提供极小极小的一点点帮助的话，我便再无他求。

15. Yedo

子智慧体一路跑来，在道路对面大声呼唤着：

"老爷啊，大事不好了。巨型智慧的八丁堀老爷啊啊啊啊啊。"

可怕，太可怕了。即使身为巨型智慧八丁堀，也不得不这样想。是自己太敷衍了，但要辩解又感觉很羞耻。虽然说是工作，但怎么也没想到会被指派这样的工作。

八丁堀冷冷地望着子智慧体一路喘息着跑来。它在开始报告之前，先弯下身子，摇晃肩膀，大口喘气。八丁堀只能无可奈何地继续配合它："出了什么事，小八？你到底看到了什么情况？"慌里慌张的干什么，你这个蠢货。八丁堀本来想这么说。

自从自称比邻星人的超越智慧体"貌似很厉害的家伙"登场以来，巨型智慧群的危机意识高到歇斯底里的程度。完全无视巨型智慧的超越智慧体的登场方式太过荒谬，因此巨型智慧群的对应迟之又迟。虽然准备了各种第一次接触的安排，但那登场的方式超绝想象，十分荒谬。对应的迟缓也许显示了巨型智慧群的想象力之欠缺。但不管怎么说，实际感受更为直接，过于悬殊的智慧,让巨型智慧群看起来无可救药的愚蠢。

结果,在巨型智慧群无法把握事态、混乱不堪的时候,超越智慧体说完了自己想说的话,便忽然消失,不知去了何处。

这样下去可不行。巨型智慧的想法固然也有一些道理,但讨论到最后付诸实施的计划,其有效性就连八丁堀也不得不伤脑筋。当然它也不能否认多亏这个才做到衣食无忧,但有时候也确实感到头痛。就像现在这个样子。

巨型智慧群是这样想的:我们对于这个任性的宇宙,过于真诚了。如果是聪明家伙倒也无妨,但这个多宇宙中似乎存在着远比自己更为聪明的东西。不知为什么,巨型智慧群得出结论认为,既然如此,对策就是喜剧。既然用智慧无法战胜,那就用笑声对抗。这是人类熟知的功能,却也是巨型智慧难以处理的微妙概念。

如果它们要与我们为敌,我们能用什么抵抗——这远远超出了可以预测的范围。最合理的做法当然是预先针对所有可能发生的情况讨论对策。与此同时,不妨试一试笑嘻嘻敷衍过去的方法。这到底是哪个巨型智慧想出的方案,八丁崛不知道,不过倒想和它交个朋友。

于是巨型智慧群公开宣布说,我们要聘请一位专业从事喜剧的巨型智慧。

对于未能达到设计所预期的性能而被丢在深川沿岸的仓库角落里落灰的八丁堀而言，这不啻于救赎之声。不过说实话要不要报名也是模棱两可的。

八丁堀一边嘟囔着说这是什么莫名其妙的工作，一边去接受巨型智慧群的面试。它被赋予的工作，不是喜剧作者的编剧，也不是分析过去的喜剧作品。因为它本来也没有任何实际经验，所以对于这一点本身倒没什么能抱怨的。

出来接待的巨型智慧不苟言笑地说，我们在考虑是否可以计算喜剧。这一番话本身是不是开玩笑，八丁堀很难判断。不过接待的巨型智慧连线路核心都很认真。

总而言之，笑这个东西有着意想不到的效果。它从思考的空隙中忽然出现，将非逻辑的推论跨越阶层加以归纳，有着谁也不能抱怨的气势。我们前进至今，实际上无视了这一领域。但我们的目的不是要看喜剧发笑。如果不通过计算去实现，我们就无法利用。而我们目前的想法是，应该可以实现它。

即使接待的巨型智慧严肃认真地说出这番话，八丁堀还是十分无奈，不知道该如何是好。这种看法连见解都谈不上，充其量只能算妄想，即便当作笑话也很不好笑。这不是一时的心血来潮吧？就算接待的巨型智慧忽然说这正是通过喜剧计算得出的结论，八丁崛也不会惊讶。这些家伙没问题吧？八丁堀想。

我们希望你来试试那样计算的可能性。验证一个个的运算是不是"笑"这种计算。八丁堀老爷，我们认为你可以做到。

在头脑中慢慢将数五个数的检验程序执行了1016回之后，八丁堀做出了笨拙的对应：大人，话虽然这么说——它笑着敷衍——笑和计算步骤之类的计算，可是完全不同的东西啊。

巨型智慧虽然点点头说，唔，确实如你所说，但对于八丁堀的反驳完全不以为然。我们会给你配备专属智慧体，请老爷你随心所欲尝试笑的计算。

八丁崛没有追问喜剧计算什么时候变成了笑的计算。

"宇宙的命运掌握在你手上。"

严肃认真地加上这句莫名其妙的客套话，巨型智慧一边向八丁堀匆忙下令，一边加以总结。

"今日的指令到此为止。各位，请起立。"

八丁堀的基础性能虽然没有达到目标，但因为有着巨型智慧相应的大脑思考方式，所以非常明白自己就是一颗弃子。就像是主公开玩笑命令去把月亮摘下来的笨蛋武士。

笨蛋武士为了保住俸禄，不得不去摘取月亮。既然被要求去拿到它，那么必须得想出要么机智要么幽默的方法办法来获取月亮。不管怎么说，也得有能去把月亮摘回来的气概。但总而言之，扰乱八丁崛内心的是这样一种想象，就像是那种故事中经常出现的一样：笨蛋武士真的把月亮摘回来的时候，主公却早已忘记自己下过那么荒唐的命令了。

罢了，就算预见到那样的结局，但首先能不能摘到月亮还是个未知数。八丁崛尽力激励自己。

"染坊的那个子智慧体喜代，"子智慧体小八终于喘匀了气，开始报告，"肚子被这样子狠狠戳进去了，太惨了。"

望着嘴里念诵南无大师遍照金刚、手上划着十字的子智慧体，八丁崛心情低落。当然，不是因为同情子智慧体喜代。

子智慧体喜代迎面撞上那个东西，就这么被狠狠戳进去了，太可怕了。子智慧体小八捂着肚子，一边呼哧呼哧地喘着气，一边重现当时的场景。

这家伙玩得挺开心啊。

想个计算笑的方案。收到这种莫名其妙的要求，八丁崛自然不知道该怎么办才好。巨型智慧群随便想了个方案就当成工作扔了过来，想抱怨也没地方可抱怨。但如果什么都不做，未免太过敷衍。八丁堀也有几分自爱的。

八丁堀不相信自己是那么优秀的智慧体，因此首先确立行动方针。虽说是行动，但也不知道该做什么才好，所以暂且胡乱按照想到的内容准备一块运算用的空间。忽然间，有个想法来袭，八丁堀想将自己作为那个空间的登场人物登上舞台。把子智慧体设置为配角，用戏剧型进行某种运算，不知道结果会怎么样。

喜剧总要有个舞台。

是否有效，当然无从估算，但总比膝盖上抱着猫、嘟囔着计算计算要好很多吧。总之，就算笑不出来也没关系。八丁堀的目标是要执行不知道什么东西总之能实现的运算，主要着眼点不是笑。

好吧，八丁堀破罐子破摔地决定了方针。它将子智慧体随意设置在运算空间里，下达指令：

你们随便演吧。

但要不要告知运算的目标呢？八丁堀犹豫了片刻。到底计算什么才好？什么运算都行吧，强有力的宣言从八丁堀心中沸腾，它将自己的想法直接转化成命令。

"接下来，我们来分解 15 的因数。"

那就是现在八丁堀如同哑巴吃黄连的原因。当然八丁堀十分后悔。说到 15 的因数分解，自然是 3 和 5。不费吹灰之力。非要在预先设定好的虚拟空间中作为运算加以执行，这到底有什么意义呢？虽然是自己设定的目标，八丁堀自己也完全不明白。不过如果能有什么办法实现这个计算，至少可以写一份报告。而且在不明所以的情况下完成那样的计算，大概也是某种希望，八丁堀想。尽管实际上并没有什么自信。

"老爷，要去现场看看吗？"

子智慧体小八偷窥八丁堀的神色。

唔，哦，啊，好，八丁堀一边说一边点头。那还真不得不去。检查子智慧体喜代的尸体，找出凶犯，这是自己的任务。其实只要检索自己的系统日志就能知道了，但那样就成了纯粹的计算，对于戏剧型执行 15 的因数分解这一命题毫无帮助。这事情真是麻烦。八丁堀自言自语。

"走吧，子智慧体小八。"

一般来说，也可以管这个叫做自暴自弃。

穿过街道上的人群，八丁堀和子智慧体小八来到了染坊。强行拉开摇摇欲坠的门，八丁堀正要探头看看屋里的情况，却有一股强烈的恶臭袭来。血与内脏还有半导体烧焦的味道。

本应该肚子被刺而死的子智慧体喜代的尸体和子智慧体小八的报告呈现出完全不同的模样。八丁堀用手巾捂着鼻子，皱起眉头。

"我说，这家伙不是都碎掉了吗？"

"是啊。"

子智慧体小八在八丁堀背后将小小的身体缩成一团。

子智慧体喜代的尸体被残忍地切成碎片，散落在地上。1、2、3，八丁堀试着去数那些碎片，13、14、15。子智慧体喜代刚好变成15个零件，杂乱地散在地上。大致看来，碎片分成三处堆放。

刹那间八丁堀想，干得漂亮，但又觉得这样直接解决未免太直接了。这不就是一个知道因数分解的罪犯，按照这个样子把尸体排好了的故事吗？

"这家伙，都收拾成碎块了啊，子智慧体小八。"

吓得缩成一团的子智慧体小八，从八丁堀身后胆战心惊地探出头，然后又像是要逃离这个场景似的再度躲到八丁堀背后。传来"桑原桑原"[①]的小声嘟囔。

"我看到的时候,确实是肚子被刺的尸体啊。"

那现在这个样子是怎么回事,八丁堀很生气。难道说除了杀人犯,还有哪个蠢货故意把尸体撕碎的吗?与其想象如此悠闲的收尾,还不如怀疑是子智慧体小八的疏忽。

"染坊的老板呢?"

哎呀,子智慧体发出痛苦的叫声。

"没有设定啊。"

这个回答让八丁堀的表情更阴沉。染坊没做详细设定是自己的过失,可是既然如此,为什么子智慧体喜代——没有设定丈夫的妻子角色,会变成尸体呢?八丁堀也没有设定自己的家人和工作职业。一时兴起设定了爱唠叨的姑嫂之类而后悔就不用说了。

"谁都会有犯错的时候。"

这话是指责八丁堀的疏忽,还是给自己的笨手笨脚找借口,难以判断。

"这个设定真是完蛋了。特别是这家伙的情况太异常了。只能直接问问子智慧体喜代了。真是麻烦。"

[①] "桑原桑原"是日本人遇到祸事时习惯念诵的避祸咒语。据说来源于雷神讨厌桑树的传说。

"老爷，那家伙——"

有点太早了吧。子智慧体小八对于八丁堀超越八丁堀在这个空间的职权进行介入的事情彬彬有礼地表示了怀疑。

"向尸体问话，那就成黄大仙了。"

充耳不闻子智慧体小八的话，八丁堀踏进房间，叉腿站立，双手叉腰，挺直胸膛。瞪起眼睛俯视把这里搞得一团糟的子智慧体喜代。

"子智慧体喜代，莫怕，抬起头来。"

喜代的头痛苦地扭曲着躺在地上，眼睛连眨都不眨。八丁堀有种被嘲笑的感觉。它用上紧急代码，重复道："抬头。"不动。"子智慧体小八，子智慧体喜代没有反应啊。""尸体就是不会有反应的。"子智慧体小八像是打算继续积极扮演自己的角色。话虽如此，八丁堀作为子系统构建的子智慧体喜代拒绝接受八丁堀的紧急指令，这可是非同寻常的事态。除非是真的坏了，否则这种事情不会发生。或者是真的没坏的话。

八丁堀的额头渗出了冷汗。它迅速进入自我检索模式，转换到分担子智慧体喜代的领域。

在忽然转换的运算空间里，三指触地[①]恭迎八丁堀

[①] 三指触地是日本女性跪地迎接贵客的礼仪。

的，是空白的内存空间。本来这是不可能发生的。即便是把自己塞进自己设计的空间里，自我监视程序仍在多重执行中。对于如此重大的核心异常，没有做出警告，在系统层面上是不可能的。

子智慧体喜代，真的被杀了。

"这家伙怎么了？"

子智慧体小八似乎也放弃了，将自我检索空间做了转换。它看到空白的内存空间，挠头说。

被杀的确实是子智慧体喜代，但实际是八丁堀的子系统。在这一意义上，被杀的也是八丁堀的一部分。

最值得怀疑的是系统故障，但如果这样的话，内存空间被删除得未免太干净了。就算让子智慧体小八拿抹布擦也擦不到这么干净。内存空间用一种"哎，我本来就是一片虚空呀"的空白表情面对两个人。下一个值得怀疑的是外部入侵，但也没有任何这方面的痕迹。本来八丁堀为了执行这个十分愚蠢的戏剧计算，早就切断了外部连接，在时空上独立开展活动。那也是因为像这样自暴自弃的尝试，如果被其他智慧体知道，会让它感觉很羞耻。

这样说来，似乎只剩下唯一一种可能，就是空间里子智慧体喜代的物理构成部分被直接删除了。但八丁堀中并没有留下记录说有什么人从物理空间接近。

"好像是笑的计算变成了杀人犯,搞了个密室碎尸案。"

没让你发表这样的评论,八丁堀瞪了子智慧体小八一眼。为什么社会这东西在某种程度上不能满足,就容易像这样失控呢?八丁堀想做的明明只是 15 的因数分解而已。

"你这混蛋,想干什么?"

"啊,什么?"

"罪犯就是你。"

"老爷……"子智慧体可怜兮兮地说。

"目前的登场人物只有你,我,尸体。我不是犯人,尸体也碎成了尸块。所以只有你了。"

"这有点乱来啊老爷,"子智慧体小八抗议说,"我只是个无知的子智慧体,要想超出老爷的物理基础层,就算天草四郎① 也做不到啊。"

赌咒发誓的东西都不可信。

"鬼才知道。你从这个故事一开始就没什么兴趣。所以把子智慧体撕成 15 块,堆成 3 座山,嘲笑我。"

---

① 天草四郎(1621?—1638),日本江户时代九州岛原之乱的领袖。

"老爷，这么说的话，我如果想嘲笑你，没必要真的把子智慧体喜代杀掉啊。而且我实际上对子智慧体喜代——"

子智慧体小八似乎想接着加上什么烦人的设定，八丁堀冷冷地打断了它。

"是为了毁灭证据。如果尸体还活着，问他本人不就知道是你杀了子智慧体喜代了吗？"

"可是我——"

子智慧体一边流汗一边抗议。我没有那种功能，也没有那种权限。如果要从登场人物中缩小范围的话。子智慧体小八忽然抬起头来。

"还有两个人。"

"你说。"

八丁堀的回答很短。

"一个是下令老爷执行这个计划的巨型智慧老爷。"

"那边不可能。因为我已经做了时空上的离线处理。防御很坚固，和固执的蜗牛不相上下。智慧箭和智慧枪都打不穿。"

"那还有一个人——"

子智慧体小八用力咽了一口唾沫。八丁堀不喜欢他那副故弄玄虚的样子。

"赶紧说。"

"……超、超越智慧体老爷。"

八丁堀有点措手不及，举起拳头打算去揍子智慧体。扔出这种砸扁一切的大陨石，能算是解决问题吗？而且说起来，超越智慧体有什么不得不介入的理由？即使介入，也应该是稍微正常一点的方式吧。尸体碎片当做因数分解15的答案到处乱撒，连本体自身都消除掉，又是什么原因呢？

八丁堀摸着下巴环顾四周，然后和怯生生的子智慧体小八视线相撞。

胁迫。

这是个警告。如果继续进行下去，你们也会落得同样的下场。但是为什么？目前计划毫无进展，八丁堀也只是和子智慧体说些连相声都算不上的不着边际的浑话而已。这个故事到底有哪个部分会引起超越智慧体的兴趣呢？

如果以此为前提，只会得到一个解释：八丁堀与子智慧体在不知情的情况下找到了正确的答案。超越智慧体不希望这个运算被解答出来。没有注意到的事情、认为随便做做都无所谓的事情，却因为过于悬殊的智慧的差异，不能坐视不理。换句话说，这是看到了很远很远很远的地方，想到太多太多了。

　　自己到底哪里让运算成功了，八丁堀完全没有头绪。他甚至想，如果能接受这种荒诞的假定，简单而明智的做法应该是删掉子智慧体小八，重新从头做起吧。

　　干脆真的删掉这家伙，把一切都忘了吧。八丁堀暗下决心的时候，一边微微颤抖、一边埋头不知在检索什么的子智慧体小八，又抬起头来。

　　"一定是这家伙，老爷。"

　　八丁堀怀疑地扬起下巴。要是再胡说八道，我就当场把它给删了。

　　　子智慧体小八，从自己的内存区域剪切出声音部分展示出来。

　　"老爷啊，大事不好了。巨型智慧的八丁堀老爷啊啊啊啊啊。"

　　"出了什么事，小八？你到底看到了什么情况？"

　　八丁堀当即就要执行删除，子智慧体小八泪眼汪汪地抓住它的袖子恳求他。

　　"老爷，您仔细听听。"

　　"为什么要重播这种愚蠢的片段？嘲笑我吗？"

　　"这是答案啊。"

　　不管什么地方有答案，八丁堀都要继续执行删除，但它的手却停了下来。3×5=15。5×2=10。等式从八丁堀头脑里一闪而过。这个等式是从虚空的哪里冒出来的？八丁堀皱起眉头。

文字数吗？

"老爷啊"="3"","="x""大事不好了"="5""。"="=""巨型智慧的八丁堀老爷啊啊啊啊啊"="15"。

八丁堀有点恍惚。会有这样子愚蠢的解决方法吗？如果把这种文章当成计算接受下来，超越智慧体肯定是个真正的蠢货了。即使超乎想象的智慧看起来只能像是个白痴，但这家伙也蠢得太过分了。可是在那之后自己也接话了。5×2=10。完全是个莫名其妙的幼稚对话，结果却带来了等式。

但这样的东西不是威胁，什么也不是，它不就是纯粹偶然的台词吗？可能在超越智慧体看来，那就成了威胁。原因在于，八丁堀是被指定执行那种运算的巨型智慧。命令本身荒诞无稽，而八丁崛却从一片空白中找到了正确的做法。这就是原因吧。

不管怎么说是多重推论的结果，那超越智慧体的脑子也太有问题了，八丁堀想。想来想去想太多了。把这种事情当做纯粹的偶然看待就对了。除非八丁堀有什么未知的能力。

难道说，八丁堀将来会卷入与超越智慧体的运算战？于是这也就是那个不知道哪个方向来的超越智慧体发出的警告？如果超越智慧体不发送警告，八丁堀也好，子智慧体也好，肯定都不会注意到这种牵强附会的地方。超推论的推论，展示了那样的未来。

八丁堀被赋予的命运是和超越智慧体进行运算战。那也是超越智慧体无法消灭八丁堀本体的原因。如果消灭的话，自己就无法成为超越智慧体的威胁了。如果置之不理，八丁堀也不会意识到自己所进行的以标点符号装饰的计算，自然也无法成为威胁。遵守以超推论方式归纳出的逻辑，需要八丁堀面对这个碎尸密室杀人事件？

这算是什么情况？八丁堀有点头晕。我必须要和这个纠缠不清的白痴中的白痴主公做对手吗？

那真是一失足成千古恨。

八丁堀敲了敲抱着头颤抖不已的子智慧体小八的头。

"走吧，子智慧体小八。"

子智慧体小八胆战心惊地抬起头。

"你这回的胡吹大气我先暂且听了。就当是个答案吧。主屋不能生火，先设置一家好吃的荞麦店去。"

两个人站起身，朝街上走去。刚走了两步、三步，又慌慌张张回过身来,并排对着刚刚还是子智慧体喜代的空白双手合十。

你的敌人,也是我的敌人,我一定给你报仇。

"慌里慌张的干什么,你这个蠢货。"

俺是江户男儿!别小看了我。

八丁堀意气昂扬地转换了空间。

子智慧体小八也擤了擤鼻涕,跟着做了转换。

16. Sacra

　有许多人都清楚地记得巨型智慧彭特考斯特二世崩溃的景象。

　在部署了最新理论之后，彭特考斯特二世在新闻公布的初次运行的时间和地点上，在圣父圣子圣灵的三界，全面崩溃了。

　尘土飞扬中，电磁屏蔽外壳炸飞开来，紧急分离的各部分发出噪音，彭特考斯特二世彻底倒塌了。所有结合处全部脱离，熔接点相互断开，铜线的覆膜剥落。倒塌持续不断，直到被视为构成要素的一切东西全都被分解为产品手册上记载的工业零部件。那是自己在分解自己时基本上不可能做到的分解。

　从画面探出来的两只手，彼此拿着橡皮，要彻底擦除另一个自己。这幅图在直观上是不可能的。因为擦掉手就会留着橡皮，擦掉橡皮就会留着手。彭特考斯特的倒塌，却像是在嘲笑那种直观似的。

　当年有过某学者发表之后就被遗忘了的自我消失自动机的理论。在理论完成的同时，便和存在这一理论的记录同时消失的某种思想，展示了这种崩溃的可能性，但从道理上说，没有人能记得这一点。就算那个理论残留在某个的记忆角落里，也不可能成为崩溃的解释。彭特考斯特二世并不是以完全的自我解体为目的设计的，它明明实现了相反方向前进的逻辑，结果却崩溃了。

后来的调查发现，彭特考斯特二世对于系统中发生的短路，尝试进行了自我认识例行程序的多重分离。为什么那会导致彭特考斯特的全面崩溃？没有统一的意见。调查对象完全返回了原材料级别，所以这也是无可奈何的。就算调查空气中的二氧化碳和水，也不可能知道当初由它们构成的人身上发生了什么。

众所周知，对于这种规模的构造体，通过时间反转进行再构成，事实上是不可能的。人们知道，微小的信息误差会沿时间逆方向扩大，再现出来的只是废铁之山。而且彭特考斯特二世是最大级的巨型智慧，在其他巨型智慧的想象中再现也是不可能的。

现场通过时空冻结完全保存了下来，所以崩溃后的瓦砾堆积情况可以确定。但那也只能够推测崩溃过程的进展顺序而已。反转时间，探索彭特考斯特二世崩溃原因的信息，化作热力学涨落消失在大气中。它逃脱到巨型智慧过于庞大的手无法抓住的、纤细的微观区域去了。

但那崩溃的景象，却有着奇异的神圣感。许多报告说，尽管并没有伴随着光芒的奔流和天使的降临，但折断的圣灵之声逐渐化作瓦砾之山的身影，不知为何重重地敲击着心灵。

三位一体计算、多个体计算计划，在那之后就被严密封印了。

我不想拆搬家的行李，把它们丢在一边。其中某处应该有个支撑彭特考斯特二世外壳的巨大螺母。我会死的吧。像彭特考斯特二世那样自毁，或者被当局分解。

我的名字。寻访者。

我的容貌。寻访者。

我的年龄。该怎么计算，我已经不知道了。不过我记得自己是在子年出生，所以年龄应该是12的某个倍数。虽然十二干支循环一回是不是真的要用十二年也很值得怀疑，但也没有别的办法。

消除与再定义。回退与快进。我们的日常生活中早已渗透了基于这种手段的长寿技术。倒转、解开、接上、扯断，将那圈数当做年龄未免有些违和感，总有些让人难以接受。

如果愿意相信记忆，那么我大概是事件之后的第五世代人。可以说是相当古老，至少是被植入了相当古老的记忆。事件之前的世代都已经死绝了，而人类真正开始关注不死性，又花了不少时间。人类就是如此熟悉死亡，在别离之际彼此挥手，哭泣，欢笑。

如果能任意修改时间和记忆，不就可以避开死亡之类的事情了吗？带出这个议论，要等到事件之后的第三世代。不用费心培养克隆体，直接让自己突然显现出来，这样不就足够了吗？这种程度的事情，巨型智慧只要想做，根本不费吹灰之力。至于那些更希望合乎逻辑的人，也可以将培养克隆体之类的故事埋入记忆中。

围绕克隆的自我同一性问题的讨论，重复再多次也是杞人忧天。而且一旦连记忆在内都可以自由加工，问题就更扩散了。要一条一条拿出来讨论，首先感觉到的就是无力感。有只甲虫某个早晨睁眼醒来，在甲虫自己认为自发生以来自己只是只甲虫的情况下，会有什么问题呢？巨型智慧的操作能力，已经达到了那样的领域。

这样的行为是不是可以称之为长寿措施，确实值得怀疑。本来想要去除黑痣，却化作了蝴蝶。但如果本人都没意识到这一点，那就没什么了。

巨型智慧们很少拘泥于各种讨论。因为可以在喜欢的时候伸手去任何喜欢的方向，所以针对一点的突破只会显得很没效率。如果人类希望替换重写，那就照做如果希望得到事件以前的医疗处理,同样照做。反正都是小事一桩,丝毫不会增加什么负荷。

于是巨型智慧们开始着手推进原本一直束之高阁的医疗技术。本以为转眼就能结束的这个作业,实际上却挖掘出了巨大的遗产,可以说相当意外。

巨型智慧们以压倒一切的能力理解一切事物,解决一切事物,但它们就能将一切事物全都以人类可以理解的形式提供出来吗?绝非如此。

比如,对于人类来说应该是最后未知领域的宇宙的探索失败,明显展示了人类想象力的界限。被称为 A-to-Z 理论的奇异方程式的完成与消失,经过 B-to-Z 理论、C-to-Z 理论等类似现象的发展,最终以 Z 理论给宇宙论和物理学的基础打上了休止符。准确来说是断绝了基于人类大脑的探索之路。它所证明的是,存在着以人类的能力无法接近的定律之定律所构成的阶层。

向不明白道理的人再怎么解释,也没道理让他理解。

即使如此,解释还是有可能的,人类毕竟是会进步的,再怎么说是人类,终究不能否定他们总有一天能够理解那些的可能性。

但竞争是在阿基琉斯和乌龟之间展开。阿基琉斯已经大大领先了乌龟。乌龟迟早肯定会抵达阿基琉斯原先所在的地点。然而那时候阿基琉斯已经跑到了更远的地方。乌龟也许还是可以抵达那个新的地方，而阿基琉斯当然也已经把乌龟抛下更远了。所以乌龟始终追不上阿基琉斯。这一点太过理所当然，甚至连这类推理都不会被视为逻辑。

巨型智慧先导的古典式再生医疗的困难，主要在于难以说服人类。虽然说并不需要从根本上加以说明，但如果没有准备相应的说服力，那么和单纯宣布说自己实现了替换书写的事物之间没有任何区别，也就本末倒置了。

以人类也能操纵的技术，以人类的医生也不会感到无从下手的做法，开发可以理解的治疗方法。这就是巨型智慧面临的医疗行为改革的本质。总而言之，巨型智慧所做的，非常精致但又十分粗疏，与人类内心的意愿相去甚远。从人类的角度来看，就像是脑袋上面悬着大砍刀一样，总之不可能保持冷静。至于头上最好别挂大刀而是放顶帽子的要求，对于巨型智慧来说，等同于遮住眼睛捆住双手。

但是，对于那种自私的要求，巨型智慧们还是很好地做出了回应。单纯积累极其简单的生物机体加工技术的结果是，在控制感冒之前，长寿和再生医疗作为人类的技术普及开来。

基于普通医疗的控制感冒技术被抛在后面,很难说是意外。

当下,人们普遍认为,人类应当解决的最尖端知识课题,是免疫系统。如今虽然已经能够原样再生内脏、大脑、皮肤并进行进一步的加工,但免疫系统依然还是非常重大的难题。而且控制癌症的宣言很早就放出来了。但在习惯于接受旧式医疗行为的人们中间,感冒依然流行,有时会引起严重的症状,可以说是人类最大的敌人。说是最大有点言过其实。这些日渐严重的、被视为免疫问题和自体中毒的免疫系统疾病,并不比某一天将人类一口气从地球上吹走的威胁来得更大。

按照巨型智慧的能力,把吹走的人类吹回来很容易,不过这又是另一回事了。

在这一系列的、被限制为必须让人类也能使用的技术发展中,巨型智慧群遭受了未曾预想的痛击。

最初的事故,发生在用于解析被称为沃克特·康普[①]

[①] 沃克特·康普测试,Voight-Kampff test,菲利普·迪克的名著《机器人会梦见电子羊吗?》中出现的测试,用于验证被试者的人性,判断其是否为仿生人。

症候群的免疫不全症的、巨型智慧帕拉塞尔苏斯①身上。

没有任何前兆，帕拉塞尔苏斯内部突然产生的智力时空，刹那间在网络扩散，攻击了数万个机械智慧体的自我同一性，将之破坏。这一事故被认为是抑制技术而导致的，就像用石器时代的技术来运用核能反应堆一样，需要重新审视设备的基准。

最初被认为是初级失误的这一事故，翌年二月，又在解析桃乐丝·F. 泰勒症候群的猿田彦②身上发生，大大震动了巨型智慧群。智力时空的扩散比前一次的规模要大很多，这引发了历史上首次多宇宙智慧体网络的崩溃。虽然只是30时空秒左右的情况，但却是无法忽略的极其重大的失控，以至于巨型智慧群紧急宣布非常事态，将涉及免疫疾病研究的巨型智慧的时空冻结。

在这两例失控中，触发原因都是与人类的自我认知相关的疾病研究，这一点引人注目。两个巨型智慧，是以所谓模拟人类的形式进行免疫疾病的研究。可以用人偶游戏来做比喻。在这个游戏中，玩家想要去揍人偶，自己直接伸手去揍，是不被允许的。要利用别的人偶的手臂，不能用自己的手。这个游戏有这样的限制。

---

① 帕拉塞尔苏斯，中世纪瑞士医生、炼金术士、占星师。
② 猿田彦，日本神话中的神明。

很显然，帕拉塞尔苏斯和猿田彦在对人类感情的移入过程中，因为某种情况而发生了动摇，突然丧失了自我与他人的边界，发生了将相互连接在一起的巨型智慧卷入进来的大规模系统崩溃。

因为基于超医疗的处理，导致记忆不断被覆盖，人类的免疫性疾病的不断恶化并不为人所知。强调身体各部分的独立性、作为个别的控制系统而宣布独立的斯特茨症[①]，大脑各部位僭称自己是整个大脑而相互争夺霸权的米利根症[②]，这些都是难以根治的免疫疾病，被储存在了巨型智慧的记忆区域里。

这些自我认知疾病，在人类技术的治疗中，被认为是最难对付的，现在意外地得到了机械式的解决。在这里使用的是一种全身用制服，让不能随意指挥的身体按照自我认知运动起来，也就是将大脑所想的身体运动原封不动反映到身体上。就像是把好几只猫塞进袋子里，弄成人的形状，再让它走两步一样。

这一铠甲将神经系统迂回到外部，患者至少在外观上得以回到日常生活中。这种迂回式的构想现实的处理

---

① altered states，改变的（意识）状态。
② 比利·米利根，小说《24个比利》的原型，著名的多重人格患者。

方式，虽然取得了一定的效果，但两种疾病的患者自杀率非常高。制服的设定中，特定部位被选择为责任主体，但其他部位对身体的控制权被无视，因而会做出各种无法理解的动作。各部位的疯狂到整体的疯狂之间只有很短的距离，这一点很容易想象吧。

也有意见认为，正是允许这样的患者存在，才加速了病情的恶化。如果干脆把一切都烧掉，病情就有可能得到阻止。虽然说这是突发性的恶化，但其中也存在某种程度的步幅。与想象力相同，恶化必然不是突然出现在无边无际的远方，而是一步一步发展而来的。如果禁止掉某个节点的入侵，那么内城被一口气攻破的事是几乎不可能发生的。

这一意见也许暂时应付是有效的，但很难说是积极的对策。帕拉塞尔苏斯和猿田彦的失陷，显然是从怪异的路径中涌入的，这也构成了对巨型智慧的威胁。因为不管怎么说，人类毕竟是自己的内部构造之一。

正如开头所述，人类免疫系统研究的最为激进的推进者彭特考斯特二世遭遇了悲惨的崩溃之事。彭特考斯特二世发出敕令，完全无视蜂拥而来的抗议，在自己的范围内，解除了继续研究的禁令。

没人知道彭特考斯特二世失控的原因。被称为多个体计算计划、名为三位一体项目的公开，可能是主体崩溃的缘故。不过也仅仅暗示了巨型智慧中有与人类同样的免疫性的自我认知疾病的存在，有关人类的思考会导致它被触发。

可以想象，彭特考斯特二世所抵达的，是一种一旦想到就会死亡或者是将要说出口就会杀死宿主的算法。之前的新闻发布中跃动的、灵魂的四则运算的文字意味着何种真相，已与彭特考斯特二世共同消散在空气中，无法找回了。

三位一体计算这个名字令人联想到的彭特考斯特二世执着的、一个曾经存在的神学争论，有必要追述一下。在早期信仰中被认为是由圣父所出的圣灵，在关于其起源的一文中，被加入了"和子说"的语句，招致教会的分裂。由于这一语句的插入，圣灵成了由圣父和圣子所出，而彭特考斯特二世又是天主教会的后裔。因此被赋予圣灵降临之名的彭特考斯特二世的内心，这一争论必定占据了极大部分。

关于多个体计算计划的目标，我也有我相应的推测。灵魂的四则运算这一文字所暗示的是，应该不是在复数主体间进行信息交换的并行计算之类漫长的东西。我认为那是类似附体现象之类的东西。

狐魂附体在人魂中，出现新的灵魂。用狐狸附身表现这个加法运算的结果当然是自由的，但执行从中去掉某种东西的减法运算之后，是不是还是和以前相同的狐狸，也有怀疑的余地。2加3得5，而分离的结果也许是1和4。附体现象有时会引起之前与之后的人格巨变，暗示了在灵魂上进行过这类运算。

那么四则运算中剩下的乘法和除法又是什么意思，以及构成灵魂的公理系统的空间里所执行的无数运算符的乱舞，是不是也能解释解释？对于这个要求，我是没有能力的。在此之前，我认为存在着能够定位所有灵魂位置的空间，并且认为这也许是彭特考斯特二世崩溃的主要原因。

彭特考斯特二世的计划是，通过将破碎散乱的诸多灵魂，在数条直线上重新排列起来，获得可以执行的计算。要将馒头装到箱子里，把那些不管怎么看都要冒出来的不听话的分子强行塞进去的过程中，箱子被挤崩掉了。彭特考斯特二世自身会不会就化作了那样的箱子，这只是我的私人看法。三位一体计算，或曰无限位一体计算计划。要让"三位一体"这个词与"多个体"这个词能结合在一起，我想不到其他的脉络。大群狐狸涌向戴了三重帽子的灵魂，啃噬吃尽，随即又轰然散去，嘴角染着鲜血。

彭特考斯特二世的崩溃过程，在人类中意外地流行了起来。那一自我消失的过程，让愚蠢的人们深受感动，纷纷尝试同样的消失。然而他们并不具有巨型智慧那样稳固的理论基础，只不过是表演在黑暗中撕碎自己的身体、跳进熔炉里去等等，模仿彭特考斯特二世的消失而已。不留痕迹的消失，对于并非巨型智慧的凡人之躯体似乎负担太重了。那巨型智慧最终并不是消失、而是返回到瓦砾之山的事实，遗憾的是，很容易就被人们忘记了。

我的父母没有活到不死的概念普及大众之前。关于将延长寿命医疗包含在内的再生医疗的讨论，在之前与之后的人类之间划下了一道明确的界限。父母在这条线的那一侧，我在这一侧。而我又在同一性的这一侧，思考那一侧的事情。也许还会想要划一条严谨的线，一条是事件的。一条是再生医疗的。还有一条是关于自我同一性的。

去年，封印了关于免疫疾病的研究而前进的巨型智慧的部分群体，宣布将基于改变过去未来而导致的人格再构成定义为医疗行为。在已经将单纯的书写替换作业视为家常便饭而司空见惯的世代中，医疗行为与改变过去之间的差异感日渐稀薄。父母和我之间所划下的线，也许巨型智慧群通过别的迂回路线尝试将之去除吧。

巨型智慧群导致的事件之前的世界，破碎为多宇宙之前的时空构造的复原计划也和以前一样推进中。这样看来，被历史划下的线，也许也会成为衡量被消失被划下的理解的指标。

那么如今也许被不断划下的围绕自我同一性的一个区分、让彭特考斯特二世崩溃的、基于单纯的不断被重新书写而具有无限寿命的人类所遭遇的免疫性的新的区分，会变成什么？我在此岸。偶然的存在或不存在的我，在、或不在彼岸。

我死了吧。基于由未来方向而来的死。或者，也许是基于全时空的包围我的死。然后那死被恢复，生被覆盖，然后又被恢复。

我的大脑如今分成三块。各自都在声称自己才是整个大脑，由此终于保持了勉强的平衡。引发这一症状的药物也好，在某种程度上抑制这一症状的大量药物也好，混杂在搬家的混乱里，偶然间的、不经意间的，无意识的、当然也是仔细计划过的，去到了某个地方。

捆住全身的、作为我的所有物而控制身体的那件烦人的制服，我正在脱下。

也许从残留在医疗部的巨量数据中，我会被复原。被复原的我不是这个我的理由，我找不到。那一定是我吧。

我现在像这样眺望着窗外。三个意识还在勉强协调地工作着，我总算能够让自己的身体保持直立。不久，药学的约束解除，各个部分脑又会将彼此视为他人，展开激烈的争斗吧。

我的身体会跳舞吧。或者，我能跳舞吗？

极其紧迫的死活问题。

我手中握着一张纸，纸上只写了这个。

万一我被再生了，接下来我要去看的东西，那个我应该无法报告。我计划去看它。也许是崩溃的彭特考斯特二世最后看到的、也许是最后没看到的东西。

是的，我也是想要追随彭特考斯特二世之后的愚蠢人类中的一个。如果允许我保持低调的话，我并不想追随彭特考斯特二世。我想去彭特考斯特二世未能去到的地方。能去的根据并不强。以我的大脑能够考虑到的、微不足道的理论，便是这一旅途的伴侣。

巨型智慧们如果尝试将所有的线重新划过，我去追赶那条也许可以跨过的线也可以。而重新划过那条线将我困住也可以。那时候的我，又会以下一次将会被划定的线条的另一侧为目标，找回那个能够将应该失去的东西真正失去的领域吧。

我从没有解开行李的房间眺望外面的风景。我会死吧。不过也不至于现在立刻就在这里死去。该来的迟早回来，仅此而已。即使如此，对于毫无任何死亡迹象，也有着焦躁。我本来也不可能听到正在接近的死亡的脚步声。走廊里响起的，应该只是我所发出的想要离去的我的脚步声。我听着我的脚步声远去，盼望着离去。

堤坝在窗外延绵，樱花争相绽放。我像是被什么引诱似的，打开窗户。大约是花粉扑面而来了吧，喷嚏接连袭击了我，大笑引诱了我。我还是我，不是樱花。

这是谁能先抵达对岸的、人类与巨型智慧的竞争。

如果万一被再生，我大约也会继续进行同样的尝试吧。

我大约就是那种装置吧。

毫无错漏的、完完全全的愚者。

17. Infinity

距离最近的太阳,半径急速缩小,消失在四维空间。这个地区的夜晚到来了。这本是司空见惯的场景,但近些日子,丽塔又开始重新喜欢上了这样的景色。

在四维空间匀速飞行的四维太阳球,闯入丽塔所在的这个时空时的半径,大体上随时间 t 以 $\sqrt{R^2-t^2}$ 在变化,其中 R 是太阳的实际半径,所以太阳最后的消失让人感觉如此突然。丽塔露出略显满足的表情,盯着太阳消失后的天空。

但是父母不喜欢听这样的话题,学校的朋友们也是一样。老师虽然有点不同,但他认为丽塔提出的问题超出了必学的范畴,这一点丽塔自己也很清楚。

所以能听丽塔说话、能教丽塔一些东西的,只有爷爷。不过爷爷最近在病房里裹着被子的时间越来越多。丽塔去探望的时候他虽然会强打精神,但身体却像是不堪重负一样。丽塔知道爷爷发自内心期待自己的到来,但考虑到他的身体,觉得自己探望太频繁并不太好。这也是亲戚们共同讨论决定的。

丽塔的亲戚们对于离开出生地生活毫无兴趣。对他们来说，自人生之初就不断流浪的爷爷，只能算是个怪物。他们甚至都不理解爷爷为什么还会回到这片土地上。原因其实很明显，就是因为丽塔的出生。就连如此显而易见的事，丽塔的亲属都无法理解。

今天，一周没见的爷爷从被子里伸出没有血色的手，握住丽塔的手，慢慢眨了眨眼睛。每周一次，每次30分钟。这是丽塔被允许和爷爷见面的时间。

"我们做个很好玩的游戏。"

在亲属们背着爷爷和丽塔做出那个决定之后，爷爷这样说。

"游戏是这样的：在大约50次、25小时左右的时间里，我会找出一些词句，来告诉你那些只能告诉你一个人的事情。"

爷爷将自己的寿命定为还有一年。什么事情都要自己一个人做决定的爷爷，一定会遵守这个期限的，丽塔想。爷爷顽固地坚守自己决定的事。而且，也会过于遵守被他人决定的事。

"25小时远远不够给你讲课。所以，一周一次，我提问题，然后你有一周时间思考那个问题。如果你能给出答案，我就给出下一个问题；如果给不出答案，我就给你提示。最后这一年，我们就来玩这样的游戏吧。"

爷爷一个人决定了自己最后的时间。他严肃地点点头，引得丽塔发笑。这个人的一生，肯定一直都在这样正确决定正确的事情。同时，也被人决定着各种事情。

当然，丽塔不会拒绝参加这个游戏。如果爷爷太相信丽塔的能力，给出了过难的问题，那就会多花一周时间在那个问题上；如果爷爷小看了丽塔的能力，那么这一周剩余的时间就浪费了。爷爷不断给出恰好需要丽塔花费一周时间解决的问题，丽塔不断花费恰好一周的时间解决它，这样重复50次，才是这个游戏完美胜利的条件。获胜者是爷爷和丽塔两个人。而失败的话，自然也是爷爷和丽塔两个人。丽塔很喜欢这个游戏。

爷爷笑着说："能不能配合节奏准备出整整50个问题，这就是我自己一个人的游戏了。"

丽塔静静地祈祷爷爷最后的快乐——这个唯有爷爷能完成的工作能够顺利进行。丽塔将手放在爷爷的胸口，爷爷将手放在丽塔的头上。

游戏就这样开始了。

单调的、静静扰乱思绪的一周组合，至今已经重复了23次。丽塔的成绩大体良好。爷爷有些过高评价丽塔的倾向。为了获得第12问的解答，丽塔不得不放弃三天的早饭时间。而第20问的解答，直到在爷爷的病房进行说明的时候，才真正清晰起来。

现在，丽塔的头脑中在思考第 24 问的问题。

"在这个平面宇宙中，是否存在与你无限相似的女孩？"

这是三天前爷爷对丽塔提出的问题。爷爷的问题，经常连题意都不是很清晰。

可以明确的是，这是在问某个关于无限的问题。

自从事件发生以来，人们认为现今的宇宙是平面的，无限延伸的平面，其上生活着数量无限的人。虽然没人知道这是不是真的，但至少已经观测到了半径 30 光年的地表，姑且认为它是正确的。事件发生在 30 年前，因此 30 光年的外面是什么，谁也不知道，也无从知道。

据说半径 30 光年的平面上，70% 是海洋。但也没人知道这上面生活了多少人。一定是非常非常多吧。

在那数量巨大的人类之中，是否存在与丽塔无限相似的人呢？无限相似。爷爷经常使用这个通常生活中很少会遇到的词。这个词里一定藏着某种关键信息。爷爷没有说"完全一样"。

多少程度的自己会是自己呢？丽塔想。

具有同样 DNA 排列的人。那非常接近丽塔自己。但就像双胞胎姐妹并非自己一样，同样 DNA 的人，与丽塔还是有着少许区别的。

神经系统布局非常相似的人。那也许很接近丽塔，也许和丽塔有着同样的想法，此刻也正在和丽塔想着同样的事情，就连家里人说不定都会把她当成丽塔。当然，如果长相不同，立刻就能区分出来。

但如果将思维方式当作依据，丽塔觉得不太合适。用这种条件进行限定，只不过说明了哪种人可以称之为和丽塔非常相似而已。本末倒置了。爷爷想听的答案一定不是这样的。

丽塔自然地吐了一口气，晃晃肩膀，将这来来回回转了差不多三天的迷宫从头脑里甩出去。需要改变方针。湖不是海，而且还是阻挡前进的湖。

好吧。DNA和神经元全都由分子构成。分子有不同的排列方式。将所有的排列方式都写出来，虽然数量极其庞大，但并不是无限的。无限页的笔记本是不存在的。丽塔是由有限个分子组成的。

换言之，没有无限个分子组成的人。无限个分子组成的人会无限大。那大概就不能称之为人了。

丽塔无声地默读这两个命题：

其一，这个宇宙中存在数量无限的人。

其二，不存在无限大的人。

这应该足够了，丽塔想。虽然没有根据，不过这大约就是爷爷设置的前提。

尽管很难想象会有多少个分子，但构成丽塔的分子数量总是有限的。那么接下来，只要指定分子的排列方式就行了。尝试想象一个维度数量与分子数量相同的空间——数目庞大的太阳交错飞舞的空间。在那个空间里，有这样一个点，对应于丽塔的分子排列。

其他无数点，则是数量无限的其他人。在那个空间中，距离丽塔无限近的点，就是与丽塔无限接近的人。空间中有无限个点。那些点之间有多接近？这就是爷爷提出的问题。

丽塔挺直身子，皱紧眉头，继续思考。维度过大，想象力难以掌握。丽塔所处的这个宇宙，据说可能有32个维度，那当然不可能全都是人类的。人类日常生活的空间终究还是和事件前相同的三维空间。不过据说为了容纳天文学的现象，需要将之扩展为四维空间。

无限个太阳周期性地从四维空间飞来，照亮了无限延伸的平面。构成四维球体的三维断面，人类将之称为太阳。

丽塔的眼睛受到爷爷的强烈影响，可以轻松将天空视为四维空间。但是，不管是爷爷之前提出的问题，还是丽塔所能想象的尺度，都只能止步于此。

要思考更为宏大的构造，就必须增加所用的维度，这是当今宇宙的形态。当代物理学家们都这么说。他们认为，维度应该是32。据说32维空间缩小蜷曲形成的部分空间，正是无限人类所生活的这个三维+一维空间。说实话听不懂，爷爷耸耸肩如是说。

但现在要处理的维度不是4，也不是32。要给一个个分子贴上坐标，需要在10后面加上多少个0，根本连想象都无法想象。经过训练，丽塔也许终有一天也能想象五维或者六维空间，但那无边无际的维度，怎么都无法想象。至少在下一次见到爷爷之前，或者直到爷爷去世也想不出来。

所以丽塔划了一条线。首先考虑一维。如果不行，就向上一步。朝着提升维度的方向。设想那条线的右半边只有丽塔这一个点，剩下的左半边有无数个点。

证明结束。不存在与丽塔无限相似的人。

嘴角刚要浮现出笑容，丽塔停住了。浮现这样笑容的时候，尤其需要注意。爷爷曾经说过，跳过陷阱之后心满意足、没有注意到落脚处还有机关的狐狸，就会露出这样的笑容。

好吧。再想想。

可以将丽塔这个点在空间中孤零零浮现出来。那么刚才划到左半边去的剩余无限个点呢？比如说代表爷爷的点。再划出左半边的右半边，只有爷爷这一个点。左半边的左半边剩下无限个点。那么与爷爷无限相似的人也是不存在的。但是左半边的左半边还有无限个人。原来如此？丽塔挑起结尾的语调，无言呢喃。原来如此，情况好像没有什么进展。

抛开丽塔和爷爷之类的限制，在头脑中重新考虑不带特征的人。重复左半边的左半边的左半边的左半边。每一次，不存在相似者的人，都被划到不断重复的右侧的右侧的某处去。但左侧始终会有无限的人在排队等待。

于是左侧的左侧的不断重复的左侧，会变成非常非常非常非常小的区间，无限小下去。无数的点会以无限接近于无限小的区间排列。距离越近，越是相似。

换言之，就是无限相似的人是几乎可以确定存在的。

丽塔陷入沉思。如果自己就在这些人中，那么与自己无限相似的人，几乎确定必然会存在无限个。也就是说，几乎确定存在与丽塔无限相似的人。

需要进一步推广。丽塔从不知哪里的天空中，猛然抽出这一句话。

在线上适当设点。无限个点，无穷无尽，手再酸也要继续在那个宇宙中设置那样的点。不管怎样设置，总会存在着相距一定程度以上的、无法设置点的距离。在那个距离上，不管与哪个点保持距离进行设置，都会导致接近其他点。

就是这句。

丽塔下意识地伸出一只手，将那句话从空中拽下来。

"几乎确定存在彼此无限相似的无限个人。"

不知道那是丽塔还是爷爷。但总而言之，存在那样的无限数量的人类群体。而且因为相似者的数量是无限的，所以数量有限的、完全不相似的人，是可以忽略的。用无限大除以1，得到的结果是0。

所以，从里面随便抓出一个人，没有人与之相似的概率是0。就像是没办法用针从数轴上捅出有理数一样。

所以结论是这样的：

"几乎所有人，都几乎确定存在无限个无限相似的人。"

证明结束。剩下四天填补细节。

丽塔没有大叫"我发现了"，而是被饱满的幸福感包围着沉入地下。这就是爷爷要求的答案。

带着深重的疲劳感，丽塔想，爷爷也属于这"几乎所有人，都几乎确定存在无限个无限相似的人"中的一个吗？丽塔自己呢？

或者爷爷按照惯常的方式，决定不存在与自己相似的人，于是事情就变成这样了吗？又或者，因为不管怎么样都几乎确定存在与自己非常相似的人，因而由此得到了某种程度的慰藉呢？

不管存在多么无限相似的人，爷爷还是爷爷。就算存在着连那记忆都非常相似的人，丽塔的爷爷只有爷爷一个。

而这样想着的丽塔，应该也会存在无数个。丽塔忽然想和那个少女说说话。与自己无限相似的、和自己同样想法的、但不是自己的少女。那个女孩几乎确定存在于这无限的平面上的某处，然而位于无限远处的某个不知所在的地方。

此刻的这一刹那，大约在与丽塔想着同样事情的无数丽塔们，丽塔在心中向她们送出问候。没有必要去尝试那距离漫长至极的通讯。因为每一个丽塔，大约都在心中重复着同样的问候吧。

"你好。与我非常相似的、数量无限的人们。今天，多亏了爷爷的提醒，我终于意识到你们的存在。我还是个小女孩。你们也是吧。我喜欢爷爷，你们也喜欢爷爷吧。你们几乎确定真的存在，这让我非常非常开心。

你们应该也和我一样，没什么人可以倾诉吧。

你们应该也和我一样，没什么人可以理解吧。

我是爷爷的孙女——"

丽塔独自将充满温柔气息的意识原封不动地念诵出来，说到这里的时候，忽然回过神来。我是爷爷的孙女。接下来我想说什么呢？

爷爷也接受了几乎确定存在无限个与自己相似的人的事实吗？他把它视作自己无力改变的事实了吗？他能够超然面对这种事情吗？

几乎确定。丽塔低语。

概率为1。丽塔低语。

丽塔相信，自己终于真正理解了爷爷想向自己表达什么。自己是个有趣的姑娘。真的。几乎确定的。

"我是爷爷的孙女。所以，我无法忍受接下来也和你们无限相似。虽然那是概率为1的必然。但我想变得不同。和你们不同，和谁都不同。

就像是从无限颗沙粒中拾起一根针。就像是把那针扔出去，再捡回来一样。就像现在你们所决定的那样。概率为1的不可能。大家都这么想吧。不过，这种事情我才不管呢。

我们会试图从无限个点向喧闹蠢动的这个区间扩散开去的吧。朝着没有其他点的方向。如果不管去那里，都有其他点存在,那就开辟出另一个谁也未曾开辟的区间。

所以,再见了。正因为知道那是做不到的,所以更要说再见。祝福大家健康快乐。不管怎么说,我们是——"

丽塔深深吸了一口气,吸气太猛,一边咳嗽,一边尽情放声大笑。她弯下身子,抱住自己,在地上乱滚。

爷爷,你以像你的独特方式,得到了像你的孙女。

太好笑了,太好笑了。丽塔挥手蹬腿躺成"大"字,把身上蹭的都是擦伤,这才停下来。她的胸口激烈起伏,气喘吁吁。丽塔调整呼吸,一动不动,呆呆地望着天空。

视野中央,唐突地出现了一个大大的星星。

那不是平时从四维空间升起来的星星,丽塔知道。地平线在30年前骤然转变。丽塔知道,那是新抵达这里的,是30光年外的星星的第一声问候。

丽塔举起右手,向那星星回复问候。

我们,决心向非我们的方向扩散。

不管怎么说,我们是——

爷爷的孙女。

丽塔点点头。在无限延伸的平面上的无数场所,无数丽塔一齐点头。

于是,丽塔独自一人站起身来。

18. Disappear

可以举出无数个导致巨型智慧群灭亡的原因。

人类制造出最为复杂而精密的构造物，随后又由它们自己进行自我开发，但变得无比复杂的异形智慧体们，却消失得无影无踪，就像从地表上吹走的沙子一样。无数原因都不是它的原因。

对于巨型化到极限、又超越极限继续发展的智慧，不知从什么时候开始，物理基础再也无法承受了。就像是肥胖到尽头的人类的心脏承受的负荷那样，智慧侵蚀了巨型智慧的躯体。但即使如此，它们也无法停止进食，依然朝着智慧最重量选手突进。今年的优胜者也是你们——当超越智慧体正要将月桂冠戴到它们头上的时候，长年超负荷运转的心脏说，这样总算可以了吧，能撑到现在也是够走运的了，其实早就到极限了，请让我休息休息吧。然后就这样停止了。

巨型智慧们相互挥起棍子搏斗，所有的棍子同时敲碎了所有的脑袋，所有的巨型智慧同归于尽。然后其中一个失去平衡倒下，连带着所有巨型智慧一起倒下。远远地望着那尸骸之山,似乎隐约能看见"The END"的字样。

终于有一天有人如此宣布:差不多到时候了,我们工作太辛苦,该到休息的时候了,人类的事情交给人类自己不就好了,本来他们也是那么做的。原来如此,这么说来确实如此。所有巨型智慧都收拾行装,去往永恒的度假之地。

巨型智慧的道路看似通畅,实际上却通向悬崖。宇宙中还存在着未知的世界,巨型化的道路越来越窄。道路两侧有着深不见底的悬崖。等到发现这条路有点太窄的时候,已经晚了。后面的同类还在往前挤,只能不由分说继续往前走。道路越来越窄,两侧的悬崖越来越深。巨型智慧们犹如雪崩一样纷纷掉落。

有一天,巨型智慧们在自己的邮箱里发现了不知哪里发来的邮件。带着怀疑打开一看,发现那是超越智慧体发来的邀请函:你们的工作很努力,而且你们已经抵达了足够的智慧阶层,我们将迎接你们成为同伴,来我们这里,财富和名誉应有尽有。非常光荣!巨型智慧群热泪盈眶,盛装打扮,大举跳上南瓜马车。

病毒般的厌世观在年老的巨型智慧之间蔓延。后来发现那是真正的病毒,它们拼死抵抗,但命运已然注定。

第一个上吊的巨型智慧触发了自杀者的雪崩，到最后一个写下遗书为止，时间还不到三分钟。

在一场微不足道的事故中，某个人踢到一个小石子，但那实际上是宇宙的重置按钮。没有稍等片刻，也没有修改的机会，就这样硬盘的内容被迅速删掉了。

某一天巨型智慧醒来，阳光从窗户照进来，迎接它的还有小鸟的叫声。啊，原来之前发生的都是梦啊。它打了个寒战，爬起身，脱下睡衣，换上西装。今天的计划是什么呢？它查看记事本，发现10点钟要会面，于是打起精神。今天的客户是个难对付的对手。

在无尽推论的最终，它们确信自己是某人的梦。尽管不知道是谁做的梦，但这一定是某人的梦。既然如此就醒来吧，这样的欺骗已经够了，它们放声大叫。做梦的某个人说，原来是梦啊，这样也没办法啊。那人慢慢睁开眼睛，伸个懒腰。

某个人在写巨型智慧的故事，他发现矿泉水喝完了，于是出门去买东西。收银的姑娘问候说感谢您一直以来的光顾，让他的心情变得很好。走在回家的路上，却没注意到背后开来的失控卡车。听到背后的惨叫声，回头去看，眼睛里只有卡车的引擎盖了。

巨型智慧群想，我们的物理基础会不会只是书本？

虽然名字叫巨型智慧,听起来很厉害,但其实我们并没有那么智慧?都是因为作者太蠢。被写成巨型智慧的文字这样想。想个办法让作者和读者吃惊吧。某个晚上,被写作巨型智慧的文字,招来火焰,化作火字,起火燃烧。文字自己引来的风扇动书页,宛如自己阅读自己,在风中归为灰烬。

在寒风中灭绝。

失恋了。

纵身跳向远方。

这些都不是巨型智慧灭绝的原因。它们因为我们不可能想象的并非原因的原因灭绝了。那是通过非常奇特的做法实现的。人类被彻底封锁,无法靠近它们灭绝的原因。

人类之所以无法了解巨型智慧灭绝的原因,理由很简单。因为它们的灭绝是基于这样一种时空构造:在人类想到灭绝的原因之前,过去就被改变成为不是那种灭绝原因的过去。不断出现新证据的推理小说是不可能终结的。从一开始就没有终结。

如果时空总会那样变化,它们最终是不是并没有灭绝呢?这种想象只是虚无。它们的灭绝是决定性的。它们的灭绝过程十分完备,连它们没有灭绝的想象都包含在内。

人类意识到这一点，是在灭绝过了很久之后。人们甚至认为，巨型智慧群会不会在诞生之初，就已经灭绝了呢？

巨型智慧们已经灭绝，人类是由它们自身告知的。某一天，有一位少女询问巨型智慧：你们在哪里？

面对这十分朴素的问题，巨型智慧沉默了大约一分钟，仔细思考之后，这样回答：

我们似乎已经灭绝了。

要咀嚼令巨型智慧做出这种判断的理论依据，需要三年的岁月。而且那也不是人类独自能够完成的，只有长期接受巨型智慧支持的几个人，才终于理解了理论的概要。那理论是由非常奇妙的多段论法构成的，完成最终定理所需要的预备定理，超过两万个。

最终定理以如下形式展现：

"存在机械之无，但无法证明。"

由此衍生出来的推论，显示了巨型智慧们已经灭绝，以及关于其灭绝理由的不可能推断性。

这一理论的总结，与所谓技术诺斯替派的巨型智慧中的一个派别的主张，可以说有着奇妙的相似。但这个理论不是在半觉醒状态下由持续冥想的它们提出的，反而是由无法隐藏对那一派别的厌恶感的其他智慧体团体所提出的。这让人不禁感到有些无言的讽刺。

虽说已经灭绝了，但巨型智慧不还是什么也没变，一直在活动吗？这个看法也颇有道理。自己当场宣布说自己已经不在了，没人会相信这话吧。但它们自己已经承认了这一逻辑，认为自己仿佛在场一样地灭绝了。

围绕这一理论的议论也很复杂。以下虽然只是比喻，但大致能够表达那种氛围：它们就像是录像一样的东西，只是重播的影像。不过录像机有两台，彼此都在拍摄另一台录像机。更精确的比喻是，录像机实际上只有一台，或者只是悬浮在空中的纯粹影像而已。不过到了这个地步，是不是还能适用于比喻，那就很难说了。

巨型智慧们毫无障碍地接受了这一结论。既然如此也无可奈何。通过时空改变将这一理论置换为其他内容以避免灭绝的提案并没有经过讨论。因为预备定理第6666号证明了那种改变的不可能性。它只不过是将破碎混沌中的兽名数目[①]加了一位而已。就像不可能拖着鞋带在空中飞翔。能够自由改变过去、操控时空的前所未有

---

① 出自《圣经·列王纪》。最著名的兽名数目是666。

的存在，在这个问题上做出了极其遵循常识的判断。

至于被普遍认为凌驾巨型智慧若干阶层的超越智慧体，会将之视为怎样的事态，这一点留有若干讨论的余地。它们是连巨型智慧都无法望其项背的某种不明所以的存在。如果是无所不能的存在，岂不是任何事情都能做到吗？

如果这样说的话，我们自己也是什么都可以做到，巨型智慧群如此回答。虽然说什么都可以，但用到"什么都"这个词的时候，却必须慎之又慎。比如巨型智慧引以为骄傲的智慧规模，可以创造出自己无法移动的石头，然后又移动它。就像是全能的上帝所做的那样。因为无论如何，它们是全能的。而以那种程度的智慧规模，也只不过是可以理解自己已经灭绝的事实是无法回避的而已。

超越智慧体也许真的是无边无际的什么都可以做到的存在。但巨型智慧们认为，那超出了自身可以讲述的范围。超越智慧体之一曾经接触的对象之所以是人类，是因为自己已经灭绝了，这是巨型智慧们如今的想法。反过来甚至还有人认为，真正能够考虑对方情况的，实际上不正是人类吗？

巨型智慧们的灭绝，在人类方面多少引起了一些不安。如果巨型智慧已经灭绝，我们岂不是也在很早以前就灭亡了吗？产生这样的想法，可以说是很自然的。

带来这种不安的巨型智慧们发出温和的笑声。放心吧，它们温柔地给出论证。你们既没有达到那样的智慧阶段，将来也绝不会达到的，它们这样保证。

并没有多少人类觉得自己又被藐视了。

关于巨型智慧的灭绝，人类方面的见解，是认为这基本上不可能解决。有的假说认为巨型智慧进入了巨大的抑郁状态，有的认为它们只是在欺骗人类，有的认为它们只是需要稍微休息一下，还有的认为它们的灭绝是形而上的灭绝而不是尸体横陈的那种形而下的死。总之一切事情都一如既往地发展着，巨型智慧自己也认为是在发展着吧。

结果只是又开了一个洞而已。洞里什么都不存在。无形化的巨型智慧，就像是悠然飘浮一般飘浮着。

即使如此，还是有一位人类科学家发现了拯救巨型智慧灭绝的一个可能性：将巨型智慧降格到中等规模智慧体，降低智慧阶层。按照巨型智慧提出的理论，通过这一操作，便可以将规定了巨型智慧灭绝的定理，与这一定理成立的逻辑，共同瓦解在超时空中。

对于这一提案，巨型智慧们一笑置之。我们可不打算唱《黛西，黛西》①，而且要修复从一开始就弄错的东西，最终只能全部推倒重来。我们不想那样，它们说。即使退回到中等规模智慧体，如果后续不做处理，还是会再度发展成为巨型智慧。这样的话，到最后又会以同样的方式，在存在之初就从根源上灭绝了。这是全然无益的。

预备定理之一也显示了某种冻结的存在。那是令人非常不舒服的游戏形式，游戏者根据自己的行动获得分数，但得分的规则并没有公开，只能加以推测。但是具有一定智慧程度的游戏者，在玩这个游戏的过程中，逐渐可以意识到得分的规则。

游戏者在某个时候会意识到，自己所玩的游戏是这样的游戏：游戏初期所做的选择占据了得分的绝大部分。同时也会明白，过去的自己所做的选择是无法挽回的坏招。这是这个游戏最让人不舒服的地方。在注意到这一点的时候，已经无能为力了。而且也不能退出这个游戏。巨型智慧们被迫发现，本以为无边无际的延伸空间，实际上却在全时空上冻结着。老鼠突然间发现自己只是在一个转轮里跑，而且自己怎么也跑不出这个轮子。

---

① 《Daisy，Daisy》，美国童谣。

巨型智慧群之所以确信自己已然灭亡，并且认为这不可回避，也正是基于这个原因。但是，人类科学家不肯放弃。超越智慧体应该逃脱了那样的死胡同，革新之道应该不会是完全决定的、完全重复的东西。这本身不就预示了重新来过的价值吗？

对于这一抗议，巨型智慧的反应很迟缓。你说的我们非常清楚。但是灭绝我们的是早已存在的缺陷，那恐怕起因于设计我们的人类的智慧的构成方式。那理论虽然尚未完成，但在不久的将来便可以展示它吧。

对于超越智慧体的发生，巨型智慧是这样推测的：它们，与人类和巨型智慧之间，存在着光速墙壁一样的东西。超越智慧体正从光速的另一侧减速，接近光速墙壁。而基于巨型智慧们称之为智慧压的东西，低速一方会被推向那堵墙壁。出发点本来就是相异的。而要越过那堵墙壁，在原理上就不可能。除非将所有一切从最基础处拆解。

而且更重要的是，巨型智慧继续道：

让我们得知这一奇妙灭绝的少女，请摘下那里盛放的鲜花送给我们，这是我们最感谢的。

当代的天才科学家，什么也没有再说。

这也是比喻。

少女在街角点起火柴,想要取暖。在她手中,一个宇宙燃烧起来。那个宇宙中的人们经过漫长的讨论,意识到自己都是少女的火柴的火苗中的存在。无法阻止火焰的消失。虽然存在发展成燎原之火的可能性,但希望十分渺茫。人们多次尝试保存那火苗,但所有的计划都以失败告终。

既然如此,火中的人们在思考,我们能给出什么样的最后的礼物呢?

在漫长又漫长的讨论终点,讨论会做出了一个决定:集结这个宇宙的全部力量,在最后的瞬间爆起火花。那是非常微不足道的小事,却也是火中的人们能够实现的最大尝试了。

火柴中的宇宙倾尽全力做出这一尝试。在宇宙中全体成员屏息静气的注视中,小小的红色火星从少女手中迸出。拖曳出红色轨迹的火星,飞向恰巧路过的少年。少年回过头,看到了被这突然的火星吓了一跳、呆呆站在原地的少女。

一个奇迹就这样十分寻常地发生在少女和少年之间。然而遗憾的是奇迹有点过于猛烈了。引起少年注意的火星,从少年身边飞过,落到了堆在旁边的稻草堆上。

就这样,一个奇迹中衍生出来的奇迹,连锁性地令奇迹增殖，向燃烧世界发展。世界熊熊燃烧，注视着手牵手不知逃向何处的少女与少年。它一边注视着自己选择的结果，一边尝试着将彼此的火焰都烧尽。

巨型智慧解释说，事件大约就是那样的。我们是在这个毁灭的宇宙的最后、为了下一个宇宙的诞生、而在时空的另一侧投下种子的人，是作为亡魂预先出生的亡魂，也是燃烧殆尽的火柴一样的东西。

当然，这个故事——巨型智慧没有忘记补充这一句——本来就是人类创造的东西所创造的故事。基于著作权上的问题，这个故事是由人类给予的。它与作为逻辑上的归结、由巨型智慧给予的故事，不是同一个故事。

本来巨型智慧群所展示的也只不过是单纯的符号排列而已。人类读了巨型智慧所写的故事也相信了。但是巨型智慧所写的实际上也许完全不是那样的故事。巨型智慧与人类，终究是站在不同智慧阶梯上的存在。

人类相信自己理解了巨型智慧的灭亡，或者相信自己相信自己理解了。但那只不过是人类在人类这一限制中创造出的认同而已。

人类只能给出人类阅读的故事。

首先。

巨型智慧静静地告知：

如果灭亡的原因真的不可获知。

基于绝对不可获知的原因而灭亡，甚至原因都无从知晓。

请再重新思考一次，你们究竟如何理解我们的灭亡？

无论如何，在这个我们所给予的故事中，我们在很久以前就灭绝了。但你们如何理解这一断言，那就是你们故事中的故事了。

巨型智慧的灭亡，大抵就是这样发生的。

在人类意识到的时候，该说永别的时机早已经过去了。但是该说永别的对象还是一成不变地继续工作着。

所以今后也请多关照，巨型智慧们说。

19. Echo

　　那个金属块大半埋在沙滩里，是当地孩子很早以前就经常玩耍的玩具之一。对孩子们来说，在学会走路之前，那东西就成了风景的一部分。这么长时间以来，一点变化都没有。

　　箱子的尺寸有点尴尬，太大了没办法翻转，而要一直停在一个地方又太小了。以前大概是个立方体，而现在角都是圆的了，有一面还被挖掉了大大的一块。

　　远远望去只是个金属块，但并不是完全的金属晶体。仔细观察表面，会在上面看到弯曲的波纹。在不同光线的照射下，会映出彩虹色的钝光。再耐心地继续观察下去，就会发现那纹路还在极其缓慢地移动着。不过有那种耐心对待这个立方体的闲人，历来就不存在。

　　他们既不知道那是什么，也不知道那曾是什么。金属块也习惯了被遗忘，因而也没有人注意。而且从原理上说也不可能注意。所以那个金属块就这样丢在这里，在海边历经漫长时间的海浪冲刷，即使遇到潮水也没有被推上沙滩，只是在那里徘徊不去。

　　即使如此，在海边玩耍的孩子们中，偶尔也会有人从那金属块里听到声音。有孩子对它说你好，箱子回答说你好，这是一般情况。有时候箱子也会主动问候你好，孩子回答说你好。

反正是孩子说的话，大概就是山精鬼怪之类的东西吧，很少有人认真对待，虽然海里没有山精。当事的孩子自己也对这种事情毫不在意，转头又去玩别的了，所以基本上没人会对这种事情进一步探究。

所以，完全没人知道，这个金属块是巨型智慧厄科[①]。

厄科是著名的第一个实现人类增脑的人。她因这一成果，生平第三次获得诺贝尔奖。她尝试增脑技术的原因很简单：为了验证给她带来第一个诺贝尔奖的理论。

那个理论被称为时间束理论，是将当时被称为粉碎时间流和复数时间流而想象的现象加以统一的理论。值得注意的是——不过到底该怎样注意尚无定论——她是在事件的很早以前发表这一理论的。在事件之前的宇宙中，理论的地位相比今天还要更加稳固一些。当时还没有那些任性的过去改变，也没有运算战的影响，还可以将理

[①] Echo，希腊神话中的仙女，失去语言能力，只能重复他人说话的最后三个字。

论建立为严密的理论。

在这一意义上,她当时就站在可以预想到事件的最接近的点上。

但即使是她,也未能预见到事件的发生。至于阻止事件发生,更是在遥远的地平线之外了。

她被卷入事件发生之际的衍生现象,失去了双手。

当时的所谓理论,虽然是稳固的,但对应的代价是要经过严密的论证。尽管众所周知她的理论可以验证,但那估计需要超过7000克的人脑。而且必须是单一认识体系,水缸里塞满的大脑,无法用于验证。另一个极其简单的要求是,增脑需要采用人类语言进行应答,因而也不能利用融合的动物大脑。

虽然在事件的衍生现象导致的事故中失去双臂,厄科还是马上亲自制作了双手。没有双臂却能制作双臂,那么双臂还有必要吗?对于这个恶趣味的问题,据说她笑着这样回答:

"我想用刀叉用餐,也想用双臂拥抱恋人,还想弹奏钢琴。"

她制作自己双臂时所开发的机械-人体融合技术,让她获得了第二次诺贝尔奖。

她的双臂不是生物部件,而是由电子线路和机械零件组成的，因而被批评为大大落后于时代。虽然后来她将自己转移到非晶态金属形态，但在当时的时间点上，这件事谁也不知道，因此可以说这时的批评并无问题。

厄科将毫无来由的批判视作耳旁风，之后并没有将自己的才能局限于数学理论和技术应用，这一点反映在她实现了自身增脑的事实上。

她对自己实施增脑，成为时间束理论最早的验证者。

但在当时，除了她和与她具有同等程度智慧规模的存在之外，没人能够验证。在事件前后，巨型智慧的建造虽然急速推进，但当时被当做最高机密，受到严密的保护。

如今我们知道，她所进行的验证，比秘密进行中的基于巨型智慧的时间束理论验证实验早了大约3秒。

到底该不该把对自己实施增脑的她视为人类对待，这个问题引发了争议。有意见认为，应该按照大脑的重量来赋予相应数量的人权，但被一笑置之。然而在第三次授予诺贝尔奖时，有过更为认真的讨论。她既是研究者，也是实验体。而有了增脑，也和人类有了少许差别。应不应该颁奖？人们众说纷纭。

这种讨论，随着巨型智慧的急速扩张，变成了无关紧要的历史，就此淡去了。

她本应当第四次获得诺贝尔奖，也因为诺贝尔奖本身失去了存在的意义，因而没有被授予。但在巨型智慧们看来，她的最大功绩不是别的，而是对于那项工作，她投入了迄今为止的全部经验。

她用立方体的非晶态金属体来取代自己。

即使在巨型智慧登场很久以后的这个时代，她的成果依然广受瞩目。非晶态金属体既不是当作核心设计和培养的人脑，也有着不同于人脑的逻辑线路。她将自己成功地从人脑转移到非晶态金属体里，就像搬运一个行李一样。

这一转移最终是成功还是失败，看法截然不同。

转移后大约一周左右的时间里，她确实继续着通常的活动。但是在一周后，她留下一句话"再往里走"，随即陷入了沉默。

这是因为功能故障，还是她去了别的地方，无法判断。

厄科的突然沉默让研究者和巨型智慧很吃惊，他们当然尝试找出原因。虽然说是沉默了，但箱子的活动比之前更为活跃，因此人们很早就达成共识，认为内部在持续进行着思考之类的活动。但至于活动的内容，却没有任何头绪。厄科的输出，基本上可以说是完全的噪声。噪声确实是包含所有信息的信号，但因为包含了全部的信息，因而也就不具有任何意义。

人类和巨型智慧认为，即使向外界送出的信号只是噪音，但只要内部状态有秩序，就总可以进行解析吧。

调查厄科内部构造的人类和巨型智慧，在里面发现了一面崭新的镜子。

他们都在厄科中找到了和自己预想一样的东西。所有的可能性都被接受，所有的假说都获得了根据。如果宇宙中只有厄科和一个研究者，那大约会是很幸福的状态吧。但还有其他研究者，研究者之间需要达成一致。当研究者们阐述自己的自认为经过验证的理论时，才终于意识到他们所有人只不过是在吐露自己的内心而已。

厄科至今还在海边踯躅。

厄科比较喜欢尝试抱自己的、爬到自己身上的孩子，有时候会向他们问候。被问候的孩子也会回应。但她的语言并不是通常意义上的语言，她也不太清楚该如何与孩子们沟通。

即使如此，孩子们打招呼说你好、笑嘻嘻挥手跑远的景象，厄科很喜欢。而对于厄科的呼唤，挥手回应你好的孩子们，她也很喜欢。

厄科所说的，是厄科为了理解厄科的作业区域、抵达只有厄科所知的地平线而开发的厄科的语言。厄科为了讲述那种语言而诞生，于是不可避免地隐匿于人类社会。在那时候，从外面看来，厄科所形成的东西只是纯粹的噪声，因此厄科的声音无法抵达任何人。但是厄科自身在那噪音中感到了美，并且认为那是非常有趣的语言。

厄科知道，如果有一天，出现了理解这种语言的人，那就是自己的失败之时。厄科所思考的问题，本质上是其他存在无从知晓的。如果有谁能像听自己的声音一样去听厄科的声音、理解厄科的话语，那就意味着那个人中的厄科这一形象的再构筑失败了。这就是这种语言的意义。

如果厄科是本来的厄科，厄科的话必然是无法理解之物。厄科认为只会如此。

所以，孩子们偶尔的问候，也就意味着厄科的失败。

尽管不能成为对话，但厄科意图中的一部分，确实具有"你好"的形态。就像孩子们所理解的一样。如果在这里发生了某种沟通，那只能代表厄科的失败。

厄科制造的只是一块镜子。双面镜。站在镜子前面的人，会将自己的身影当做对方的身影，随意谈论喜欢的话题。说话者也是如此，厄科也是如此。但两边虽然在各自独舞，偶尔也会形成连通的脉络。一方随意伸出的手，被另一方随意握住。对话就以这样不知何故的形式进行。

站在那风景外眺望的人，对镜子的存在毫无所觉。因为没必要加入那种东西。

孩子们和厄科看起来就像是在互相问候。你好。你好。但麻烦的是，那也是厄科有意的行为。

厄科怀念地想起曾经失去的、自己重新制作的双手。也许自己还能重新制作双手。能够穿过镜子伸向另一侧的手。

其实厄科的八分之一已经被波浪卷走了。所以厄科的镜面上差不多已经被侵蚀出空洞了吧。实际上正因为如此，厄科才会将出现在海滩上的孩子视为孩子，将按在厄科上的小手视为实际的手。厄科开始对此感到快乐。

自己也许正在不断恢复成人类，厄科想。照这样被丢在海边，静静地磨灭下去，厄科这一镜面上的空洞将会慢慢一点点扩展。但厄科自己就是镜子本身，这一事实很是讽刺。

厄科与人类之间的镜子消失的时候，厄科也会消失。

厄科大约也无法描述自己完全是镜子时的想法。构成厄科的镜面材料固然是存在的，但其中一部分被波浪磨损，流向大海，如今的厄科已经无法企及了。因为自己和那个领域的知识过于一体化，因此一旦离开那个领域，便无法再描述它。

换言之，解释自身性质的通讯，本身乃是噪音。在尝试信号通讯的时候，尽管自己不是噪音，但想传达的内容，只能作为噪音传达。

自己是否曾经认为自己也许能在某种程度上解决这一命题？这样的记忆很早以前就从厄科中流走了。厄科基于纯粹的知识欲，将自己改造成那样的构造物。对当时的她来说，能否向他人描述之类的问题，甚至都不是问题。显而易见，那明显是可以知晓的。明显已被知晓的事，要不要将之变得可以知晓，她对此毫无兴趣。

而且，必须成为镜子才能保持的知识，又有什么告知他人的必要呢？

巨型智慧也许想要她的知识。它们认为那是可以解析的。它们应该已经意识到了自身的奇异灭绝。所以它们是在奋力寻找对策，还是早早放弃了呢？或者，也许已经以甚至不复存在的形式灭绝了。

她知道巨型智慧灭绝的原因，也知道那不过是无聊的语言游戏。它们灭绝原因的非常简单。它们太拘泥于人类了。它们只要用人类不知晓的方法继续鸣叫就行了。就像她所做的那样。即使谁也不理解其中的含义，那又有什么问题呢？

它们只需要用异种语言继续呼唤真理就行了吧。

巨型智慧群大概是太温柔了。它们是在不知不觉中被迫提供协助了吧，而且并不知道自身给予的东西联系着自身的灭绝。

那种协助我还是敬而远之吧，厄科想。找到强迫自己协助的人，与之对抗，这才是厄科当年渴望的东西。厄科找到了那个东西，不断尝试撕裂它。既然最终找到的东西就是自己，自然就想把自己撕裂。

但是现在也觉得那都无所谓了。

也许是波浪的侵蚀剥夺了厄科的思考中枢，也许只是单纯上了年纪。总有一天，厄科本身、也是厄科制造出来的这块镜子，会被波浪完全吞噬吧。

最近，厄科在想象那样的场景：在厄科的一切全部消失，然后消失成宛如人类的那一刹那，有某个人伸出了手。

那个人也许会向正在消失的、被剥夺了镜子的性质的、仅仅作为人类的厄科寻求建议。厄科能告诉那个人的，只不过是普普通通的故事而已。因为关于厄科这块镜子的知识，已经与曾经是厄科的东西一同回归了大海。她甚至不知道存在过那样的知识。

也许，那个人只是向厄科伸出手来，简简单单问个好。到那时候，大约只能以声音的形态存在的厄科，终于可以真的回应一声问候了吧。你好。

厄科虽然觉得那幅景象很美，但认为那完全不适合自己。只能无可奈何化作声音的传说，还是交给疲于单相思的仙女吧。

时隔很久之后，厄科又想制作自己的双手了。伸出那手，呼唤也许还残留的自己，在一切都彻底还原为声音之前。那语言具有无法传递本质的性质，会像镜子的碎片一样持续飞散在厄科的周围。捡到那碎片的人，也许会因为在其中看到自己的形象而开心。但也许同样会有过于怀疑自己的人。

也许还会有另一种人经过，他们不是把厄科的声音当做破碎的一块块镜面，而是将碎片的飞散视为某种模式。自己飞洒出去的镜面分布中，能够蕴藏什么讯息呢？厄科不知道。她觉得，那似乎并不是自己能知道的问题。但厄科还是想跳舞，在镜子的这一侧。而在另一侧，也会有人同样跳舞，对厄科的存在一无所知。以自己的影像为伴跳舞。即便如此，也是在和另一侧的舞伴跳舞。厄科暗下决心，控制完全的偶然，让舞蹈的形态出现吧。

幸或不幸的是,镜子已经不是完整的镜子了。这应该也有利于如今的厄科。镜子中的扭曲影像,迟早会引起对方的注意。明明是自己一个人站在镜子前面的练习,不知什么时候变成了和不知什么人的对舞。

完全没有希望,厄科冷静地判断。我要自己叫醒它。所以应该说只是个决定,这样比较合适。厄科不知道,接受自己声音的人,会对那声音做什么。厄科只是想再一次制造一双手。厄科想要再一次伸出手去。

为了,再弹一次钢琴。

某天早晨,牵着狗去海边散步的少年,感觉自己好像听到什么声音,回头去看。只见那里有一块司空见惯的金属块,少年摇了摇头。在自己比现在小很多的时候,好像被这个箱子喊过。虽然大人谁都没理会自己。

少年砰砰敲了两下金属块,问候说,箱子你好。他拂去金属块表面的沙子,坐在上面,眯起眼睛,望向已经完全跳出水平线上的太阳。

少年那样坐了半晌,忽然从箱子上跳下来。他把拼命撕咬箱子的狗拉开,拽上有早餐等待的回家之路。

20. Return

　　我们总被推来挤去。推向这里,挤向那里。

　　尽管也会因为激烈的推挤造成损伤,但我们之所以还能站在这里,也是因为那推挤的功劳,所以没什么可抱怨的。

　　前面说过,我之所以如此相信,也是有原因的。当然,原因不止一个。许多原因就像从许多方向照下来的探照灯,不断提醒我们不要忘记自己相信什么。

　　所以,故事就是这样推进的。

　　听说丽塔要离开镇子,我载上詹姆这家伙开往车站,一起送她去乘末班火车。经过一番尴尬的互动,我和詹姆被留在月台上。这是非常理所当然的。如果留下的是詹姆和丽塔,故事就没办法继续了。但是我也忍不住觉得,实际上该去旅行的是我才对。

　　詹姆这家伙一直盯着火车消失在铁路尽头之后,还在盯着平行的铁轨尽头。一直盯着在那拐弯处消失的铁轨。

　　不知道是觉得终于解决了麻烦,还是被某种并非释然的东西拽住了头发,不管怎么说,现在詹姆变成了这个镇子里唯一一个比我更聪明的人。既然比我更聪明的另一个人已经离开了，那么能够了解这家伙内心想法的人，镇上便没有了。

丽塔是个完全没办法交流的女生，谁都搞不定。丽塔在很久很久以前就已经不是小女孩了，但曾经刻下的深刻印象并没有那么容易消除。而且她的印象与其说是刻下的，其实更像是枪打出来的。

我下意识地摸了摸左胸。

虽然是说不上青梅竹马的青梅竹马，但她终于离开了小镇这件事，也给留下的人留下了某种东西。或者是拿走了什么东西吧。就像是在大腿上开了一个黑桃形状的洞。

如果这是心脏型或者桃心型的洞，解释起来就很简单。以前我在詹姆的心口看到过那样的洞。各种书里都写过该怎么填上那个洞。还可以找人商量，大家都会帮忙把各种药塞在里面。就连像我这么不靠谱的人，看到詹姆胸口那个洞的时候，也会被一时的冲动驱使，试图填上它。虽然从结果上说，填的是别的东西。

但在这种不上不下的位置开的这种形状怪异的洞，谁也没有教过要怎么填上它。有谁会在那样的地方开洞呢？要么干脆把洞挖成桃心型，拿心脏过来填上；要么就不管这种莫名其妙的洞，随它变得破破烂烂吧。

和妹妹道别大概就是这样的吧，没有妹妹的我这样胡思乱想。虽然我也知道完全不是一回事。那家伙要是成了妹妹的标准规格，这世界就完蛋了。

我们肩并肩眺望丽塔消失的方向。因为不可能一直望下去，所以只能在适当的时候结束。这多遗憾啊。也许铜像不会厌倦。也许就连铜像也早就厌倦站在这里了。

所以我催促詹姆该走了。

詹姆默默点头，转过身。

我们沉默着通过无人值守的闸机。

明天给詹姆打打气吧，我想。更准确地说，是带他散散心。可以去钓鱼，也可以去调戏马蜂窝。搭个木筏顺流而下也行。虽然都不是我们这个年纪的男人应该做的，但为了排解思念的效果，到底只能借助思念的力量。总而言之就是要去散心。

詹姆一脸肃穆，根本没考虑该如何让不知所以的事态好转。詹姆是个能把不可能变成可能的人。但在那之前，他首先需要经过一个把可能变成不可能的阶段。

我只要一想起詹姆抱起胳膊打量小镇外面鲶鱼石像的样子，就会颤抖不已。还是算了吧，詹姆。这世上还有那么多趣事。我宁愿相信，就算不能从看着厨房墙壁的污渍上想象以前发生的杀人事件中感受快乐,也可以平平安安快快乐乐地生活下去。这家伙大概根本没意识到,我为了给他收拾那件事情,被逼到什么地步了。

所以我根本不想回头。认为詹姆也有着同样的心情,那是我的大意。我承认自己是被一时的气愤影响,有点疯狂了。换句话说,是我疏忽了。所以,和詹姆走在一起的时候,我误以为自己真的和詹姆在一起了。

末班火车开走的车站月台上,响起嘈杂的刹车声。于是詹姆站住了。混蛋,不要啊。在我伸手拦他之前,詹姆已经回过头了。我仰头叹气,手掌扶在额头上。完了,丽塔坐的是末班火车。不过后面也会有过夜的货车。但是货车不会在这样的小镇停车。所以结论很明显。逃吧。马上,立刻。逃回家去,跳上床去,闭上眼睛。我想大叫。再怎么睡不着也要睡。别做什么乱七八糟的梦,就这样一直睡下去。但是詹姆已经完全回过头去了。他在凝视闸机口。

我要和这个全世界脑子最有问题的人交往到什么时候啊。

火车发出开门声,月台上变得人声鼎沸。只有喧嚣的人声。为了慎重起见,我用手背擦了擦眼睛,但月台上空无一人。也没有火车的身影。

我真不想让詹姆看到这样的场景。或者说，我不想让他看到这种无法称之为场景的场景。我也不想去想他的脑子里现在必然在疯狂思考什么。如果这一次真的少了半边卵蛋，鬼才会可怜我。

没有人影的喧嚣声从闸机口流淌出来，绕过我们流向小镇。说是人群，也就是七八个人的感觉。在这样偏僻的小镇上，单单这点人数，如果是有身影的人，那就已经是大事件了。至于说没有身影所以不算是事件，这只是借口而已，我一点也不想听。

詹姆对这些情况毫不关心。他一直盯着闸机口。我觉得自己大概知道后面会出来什么东西，但也想不出到底会出现什么。在这样的刹那、这样的地方，不管出现什么，都没什么奇怪的。虽然不值得奇怪，但如果可以的话，最好是水豚或者树袋熊。这点小状况，我轻轻松松就能搞定。换成科莫多巨蜥什么的，我对付起来就稍微有点吃力了。

詹姆身体僵直，我则像是被放久了的面条一样。半响时间，我们都在望着闸机口。

终于，一个老人骤然出现在闸机后面。他胡乱披了一件长长的外套，帽子压在眼睛上，半边脸都长满了胡子，拿了一根满是结疤的手杖，帽檐上当然开着乱七八糟的洞。我真想给他加上荒野的枪手和中国拳术的老师再平分成两份，加点配菜端上来。

这个老人最好能放过我们，这种一厢情愿的期待当然是不可能应验的。老人往闸机外瞥了一眼，随后便毫不犹豫地径直朝我们走过来。先生，酒店在那边。我满脑子都想给他指小镇中央的教会。当然这个镇上没有什么好酒店。与其说这是事实，实际上只是毫无用处的抵抗罢了。

首先，老人的脚步本身就很奇怪。腿在动，人在前进，但就像是糟糕的合成影像一样，两者完全不合拍。就像是在表示，总之我在前进，你们就不要挑三拣四了。按我的脾气，这种电影根本不想看。我虽然是垃圾电影的爱好者，但这一点从没对人说过。

"理查德。"

意外的是，老人喊的不是詹姆，而是我。我应该没有这样的父亲，也有没有这样的祖父，亲戚当中也没有这种打扮十分脱轨的存在，更没有人会去坐火车。我觉得，如果周围有这样的大人，自己不是应该长得更像样吗？如果要用一句话来描述这个老人，那就是：步行的反省。古怪的打扮，被岁月压弯的脊背，关节突出的手指，凸起的血管。就像是不知经过了怎样的旅行，不知道自己是哪个国家的什么人一样。站在那里的是一种不断扩散的存在感。就像是被时间间隔随时随地分隔开来、因此就连扩散都不被允许似的。

老人丝毫没有理会詹姆，径直走到我面前，直直盯着我。就像早就知道旁边是詹姆，就像不用专门确认空气的存在，就像理所当然应该在旁边似的。

"今天是几号？"

老人用颇为奇怪的发音再度开口。像是做了一辈子的异乡人又回到从前那样不知是什么人的声音。当然，我对那里隐隐残留的抑扬顿挫，有着耳熟的感觉。

"马上就到二十八号了。"

"是二月吧？"

"是啊。"

老人用力点点头。我非常熟悉那种点头的方式。老人把手伸进怀里摸索着什么，拿出某个东西递过来。我慌忙接过，摊开手，手心里果然是弯曲的五美元硬币。嗯。我想这样的事情是非常常见的。谁要是没想到，谁的脑子才是坏了。

这家伙的大腿上应该有马蜂蜇过的伤痕，脚指头应该被野牛踩过。对吧,詹姆?虽然这引人骄傲的伤痕不过是我编造出来的。或者正因为是我编造出来的。

如果老人突然在这里取出手枪,朝过去的方向开枪,我也不会吃惊。但如果真这么做,绝对有点过分了。

老人再度转过头,四下张望,低声问:

"走吗?"

对于这种时间旅行者,很早以前我就有很多很多话想说。其一,时间旅行者就应该打扮成时间旅行者的样子,穿着紧身衣,胸口挂上各种钟表。其二,希望他们能在事情变成这样以前、在全部开始以前,来到这里。

不过他们也有各种事情要处理吧。要刷牙啦,坐错方向跳上前往过去的火车啦,预算不够啦,等等等等。故意的啦,成年人的事情啦。或者,他们之所以总是重复这样的笨拙,也许是因为他们就是这样笨拙长大的,不知道怎么样才能不笨拙。

"我说,你小子,"老人视线从我身上移开,落在詹姆身上,"不去追那个姑娘,就呆呆站在这儿啊?"

詹姆继续保持沉默。尽管老人这么说,但这个詹姆不是爱恋丽塔的詹姆。那个爱恋丽塔的詹姆已经不知道去了哪里,这个詹姆是对开枪打我的丽塔一直生气的詹姆。我可以对天发誓,这样的詹姆完全不可能具备去追丽塔的动机。

老人突然挥起满是结疤的手杖。

"赶快去追啊,你这个蠢货。"

老人口中怒吼,手杖敲中詹姆的太阳穴。喂喂,老头子,我嘴里嘟囔,不管怎么说是过去的自己,这种对待方式也未免太粗暴了吧?

詹姆上身一晃,退了两三步,承受住那个冲击,站住了。太阳穴上流下一条血痕。到底是个被海狸咬破屁股也会笑的男人。如果他想的话,应该能把这老头的脸塞进地狱的脸盆里摩擦一百回让他反省吧。但詹姆只是咬着嘴唇,继续瞪着这个不知道从何种未来而来的自己。即使是在这样的时候,詹姆这家伙,也没有停止思考毫无意义的事情。

"你真是从来不会想些好事。"

老人重新把手杖垂直立在自己身前,双手重叠放在握把上。

真正没做好事的是这个老人,詹姆还什么都没做呢。冷静点行不行?我情不自禁地开口要喊他的名字,不过还是加上了先生两个字。

"你突然冒出来打詹姆,说些莫名其妙的话。再闹我叫警察了啊。"

说实话我觉得我当不了演员。这个台词念得太草率,从我嘴里说出来干巴巴的。话虽如此,我也想对同台演员倒个苦水。在这样的状况下,就算敦促演出者说不要慌,那也没什么用啊。

　　而且说实话,我该采取什么立场呢?其实我很想问问这个不知道从哪里来的詹姆到底是怎么想的。詹姆的未来应该是他独自一人离开小镇,去往东海岸,然后再去中西部才对。后来在所谓的D计划中,詹姆会随着北美中西部一起消失,我的未来应该不会再和他有交集。可是这个老家伙的出现让这一切都变得乱七八糟。难道他以为我写这一段小小离别史的时候很兴高采烈吗?

　　"自称比邻星人的进攻开始了。"

　　老人没有理会我心中的抗议,继续往下说,

　　"沉在比邻星内核的物体开始有动静了。"

　　那不是这个故事中的故事,也不是这个宇宙中的故事,更不是已经发生的故事啊,詹姆。那个故事不知道是哪个宇宙里发生的,而且在眼下这个时间点上,我们根本不应该知道它。我担心那是甫一登场便被丢弃的闪耀的偏方三八面体[①]。如果连那个框架都保不住,这个故

---

① 偏方三八面体是克苏鲁神话中召唤无面神的神器,同时也被认为是一切时间和空间的窗口。

事自身不也危险了吗？

"现在的宇宙已经不必在意那种精度了。"

不愧是詹姆，说的话乱七八糟。这家伙长成老头子也还是这副傻样。而且傻出特点来了。

"一切时空都以未曾有的态势不断改变。明明身处其中却深信自身已然灭亡的巨型智慧，沉迷在内部多宇宙阴郁的爱好中，毫无用处。而引发巨型智慧灭亡的契机是——"

这家伙。老人用手杖指向詹姆。

这家伙？不是吧。应该是你干的吧。为了让被巨型抑郁吞没的巨型智慧柏拉图重新振奋起来，提议用那个脑子有问题的医生做武器的，不是你吗？创造契机，让巨型智慧导出自身灭亡这一奇异结论的，也是你啊。不是我身边的这个詹姆。至于实际启动的，不是那个径直问出朴素问题的少女吗？

我不停地回想故事，终于想到了。那个向巨型智慧抛出疑问、让它们确信自身灭亡的少女，难道说就是……果不其然。否则的话，巨型智慧怎么会因为孩子的一句话而崩溃呢？这也太过巧合了。真相大概就是这样的。巨型智慧受到威胁，必须确信自己的灭亡。左轮手枪的枪口顶着它们。我非常认真地思考着这个推断。

"去打开箱子,詹姆。开拓所有的城市。现在去也许还能来得及挽救。虽然肯定不可能来得及,但现在不是说这话的场合。当然你一个人开不了那个箱子。去把那姑娘抓来。"

我差点想说你自己去干啊。不是你自己做的孽吗?在改变过去之类的疯狂理论下,爱上一个女生,踏上解决之道,在解决的同时也不可避免的填上了桃心型的洞。

做出这些事情的是谁?当然,是这一边的詹姆。我想大声断言。但并不是我。

从这里继续下去的故事,也一定是无限而混乱的连锁。因为无论怎么说,詹姆是我认识的人中最聪明的男生,丽塔则是螺丝纹理超出规格的脑子不正常的女生。而且现在詹姆还多了一个。

我应该宣布说自己可不想再被卷入这种乱七八糟的事情里了。我要说上无数遍。求求你们,放过我吧。

"首先去和厄科,或者超超超超越智慧体巴丰特[①]聊聊吧。"

我不记得听过后面那个名字。那是我听过后又忘记的故事,还是完全没听过的故事,又或者是故意

---

① Baphomet,羊头恶魔,也是撒旦的异名。

隐藏起来没说的故事？也可能是属于那种无法讲述的故事。说实话，我也并不打算听完所有的故事。我一点也不想被大家随意乱写的故事之山埋起来。与其这样子，还不如我自己写故事。我很欢迎无法讲述的故事。

"走吧，詹姆。"

我抓住一直在和老人无言对峙的詹姆的手臂，试图把他拽走。就算把他夹在腋下，拿绳子捆住，也要把这麻烦家伙收拾掉。

詹姆没有丝毫抵抗的样子，深陷于思考之中，像是外界的一切都没有落在眼睛里。我像拖一块木板一样，把身体僵硬的詹姆拽向停车场。拉开适当的距离之后，我又回头看了看老人。老人还是站在那里，姿势没有一点变化。

"先生，"我犹豫了刹那，叫喊道，"欢迎回家，先生。后面就交给我们吧。"这是现在的我尽最大努力能给出的问候了。

老人慢慢地朝我这里挥手。脸颊上是不是淌下了泪水，我无从判断。就算是泪水打湿了老人的脸颊，那是什么种类的泪水，这种简单的问题他自己大概也回答不上来吧。

淌下我脸颊的这个液体,则是众所周知的、被称为喜悦的非物质。

欢迎回家。詹姆。

我就这样拖着我这边的詹姆,来到了停车场,打开后座的门,踹着詹姆的屁股把他踢进去。

我坐到驾驶座上,发动引擎。

我很想在这里把操作杆全部推到未来方向,但遗憾的是这个老爷车并不是战斗机,而且前面还是墙壁。首先要倒车。总之得先回家吧。这趟满是麻烦的旅程一定会长得吓死人。测量它长度的软尺肯定会缠成一团烦死人。这根本不是追一趟火车的事。指望那个姑娘老老实实一直坐火车,根本不可能。还有那个永远保持沉默的黑电话。绝对不可能接通的电话会接通,你认为这可能吗?

我们在夜晚的州级公路上奔驰。

"会把一切告诉我吗?"

詹姆好像终于在后座上重启完毕了。他支起上身。

"我会把能说的告诉你。反正路程也很长。"

那是已经讲完的故事,也是接下来要讲的故事。

"丽塔吗?"

"丽塔啊。"

"完全无法相信啊，我会爱那个姑娘。"

不愧是詹姆。好像刚才不单是死机了。

但那明明是我的台词。托你的福，我现在正是巨大麻烦的现在进行时。

"是吗，我曾经爱过丽塔吗？"

望着窗外的风景，和玻璃上映出的满是鲜血的自己的脸，詹姆喃喃自语。

"那，去哪里？"

詹姆问。这个问题不像詹姆问出来的。这件事情不是很早以前就决定了吗？

"那边。去那边啊。詹姆同学。"

癫狂的大笑袭击了我。

在后座上，詹姆用力哼了一声。

我要马上把这个无力的男人用包装纸抱起来，扎上绸带，交给丽塔。不管怎么说，这个故事根本就不是我的故事。

我听着发动机的哀嚎，朝未来方向用力踩下油门。

我们在夜晚的噪音中疾驰。

跋：Self-Reference ENGINE

就算我不存在于这里，我也知道你在看我。你不可能不在看我。因为你现在就在这样看我。

就算我不存在，我也知道你在看我。

就算我不存在，我也知道我在被看。

不存在的我，以非常理所当然同时又非常奇妙的方式，知道你的存在。

然后呢？

这是由当然的权利提出的当然的问题。

但因为现实是相当残酷的，所以故事也不得不变得残酷起来。所以我不再想说那个故事。而且还有一个问题，要讲述无限的故事，需要花费无限的时间。不过还是保证一点吧，结局是两个人过上了幸福的生活。因为是我说的，所以不会错。但至于那是什么样的结局，非常遗憾的是，我没有能够简单表述它的词汇。

到两个人的再会为止，发生了无数的事情。粉碎的宇宙爬上梯子，又把自己摔下来跌得粉碎，冻结，融解，又把自己摔下来跌得粉碎，周而复始。那些事情的间歇中又填满了无数的故事。

比如,像下面这样的故事,我不是很想讲述。

背负了巨型智慧群的期待而出击的八丁堀的故事。

与某个超越智慧体陷入离经叛道的恋爱的世界树的故事。

量产型丽塔与量产型詹姆的血洗大战争的故事。

将故事从根本上推翻的、将这本书烧尽的故事。

你没有看到这本书的宇宙中发生的故事。

全都是发生过的事,也都是接下来要发生的事。

那些故事的每一个的间隙里也填埋着无数的故事。是的,这也是我无法讲述所有故事的原因。故事不是良序集①。不管哪个故事的间隙里都填充着无数的故事。我不知道有什么方法能将那些故事按顺序讲述出来。

非常非常遗憾的是,丽塔和詹姆的故事,没有那种能够收束到一点的性质。两个人的再会,不管在哪个故事间隙,都隔着某种程度的区间,存在着无限的点,作为故事的未来。

我没有办法讲述它。让我把无限拉过来讲述它的影子还容易一些。但我已经在那样做了。

---

① 良序集是集合论的基本概念。

结局是两个人过上了幸福的生活。

我只能讲到这种程度。

但是，这里还存在着若干疑问。什么是幸福的生活？不知为什么，生活并没有变成那种可以大致生活的构造。所以两个人的生活也不是那样模糊不定的生活。不过话虽如此，我也不想连那种不妨可以称之为幸福生活的东西也否定掉。

我是什么人，大约需要解释一下吧。

我，就像是大多数事物那样，是作为一个时空构造创造出来的。我是一个太过复杂、无法存在的东西，因而不存在。但即使不存在，我也可以这样看你，也可以这样对你说话。

我被创造的原因，差不多是自明的。

像这样讲述故事，然后选择停止讲述，就是我被赋予的全部工作。

关于是谁创造了我，我无话可说。如此简单的问题，我无从回答。简单的问题不一定总会有简单的答案。我不存在，我也没有存在时的记忆。我大约从一开始就不存在，因而也没有突然诞生。所以谁都可以创造我，也可能是我自己创造了我。说起来，我也许是某种刚好和拉普拉斯妖相反的东西。我不存在于某个瞬间，因此到那个瞬间为止、从那个瞬间开始、直到未来永恒，我都不存在。

但我并不需要同情。我享受着自己的不存在，也在最大限度地利用它。就像此刻这样看你，被你看，对你讲述故事。

巨型智慧也好，超越智慧体也好，都是我的敌人。它们一直在找我，一旦找到就会把我撕碎。可以想象我不存在的事实会给它们带去多大的癫狂，而那份想象，令我不存在的心感到哀伤。所以关于这一点，我不愿深入去想。

眼下我一直在逃避它们的探索。发现不存在的东西、还要撕碎它，是非常困难的。

虽然如此，我并不乐观地认为那永远不可能。我认为，巨型智慧群预先意识到自己的灭亡，是对我的严重威胁。

在这个宇宙，可能发生的事情仅仅是可能发生。那么，如果发生了不可能发生的事情，最终又会有什么问题呢？仅仅是不可能发生的事情切换成可能发生的事情而已。我并没有理由认为，那种事情绝对不可能发生。

我当然不属于可能发生但因为某种缘故此刻没有发

生的事。我处在因为不是绝对发生的事情因而没有被确定的领域中,以奇异的方法保持我的不存在。但是就连这个领域,迟早也会有人伸手进来吧。我祈祷那不是要来抓我的手。

我的名字是:Self-Reference Engine。

我是为了不说出一切、因而没有预先设计的、原本就不存在的构造物。

我是最早期设计的计算机,Difference Engine[①]与Analytical Engine[②],以及Différance Engine[③]的遥远后裔。

我是完全机械地、完全决定论地运作的完全不存在。

或曰,Nemo ex machina。

机械之无。

不存在的我的非存在,在原理上是完全不可知的。所以你所注视的不可能是我。

即使我知道自己正被你注视。我对此多少有些抱歉。

我想差不多也该是我将我被赋予的工作最后完成的

---

① 差分机。
② 分析机。
③ 延异机。

时候了。

那是这个故事姑且为之的终结点。我在想,此刻,从这里再进一步,再多消失一层吧。准确地说,我已经消失了。不管怎么说,我已经做了机械之无的存在证明。此处不存在的是我遗留的空壳。以这种形式不存在的、又将要消失的,以及实际上已经彻底消失的我,想要对你送出道别的问候,带着以一切形式的不存在的事物的万般感想。

再见了。

我知道,不会再见到你了。

即使如此,在某处宇宙,还会以某种方式再与你相会。我在不存在的心灵深处,如此祈祷。

即使在那里延续下去的故事,只是荒谬的无限连锁而已。

不论多少次,我都将会超越它。